Антология современной

русской экологической литературы

俄罗斯当代生态文学作品集

Михаил Михайлович Пришвин

米哈伊尔·米哈伊洛维奇·普里什文

作者简介

米哈伊尔·米哈伊洛维奇·普里什文是俄罗斯著名的散文作家。他于1873年生于俄罗斯奥廖尔省叶列茨县一个破败的商人家庭。从商人出身的父亲那里，普里什文继承了梦幻和诗意的天性。他的母亲属于伊格纳托夫商人家庭的旧教派信徒，普里什文毕生的事业与生活都受到母亲深深的影响。普里什文在叶列茨男子中学学习时，因与地理老师瓦西里·瓦西里耶维奇·罗扎诺夫（后来成为著名的哲学家和作家）发生冲突而被学校开除。他把对马克思主义产生兴趣（19世纪90年代中期至20世纪初）看作自己生命中的一个"决定性时刻"。后来他因为为马克思主义小组工作而被捕，并被单独监禁在米塔瓦监狱。

普里什文在德国莱比锡大学哲学学院哲学系的农学部学习时熟悉了欧洲文化，尤其是德国文化，并痴迷于歌德、瓦格纳和尼采。普里什文把1902年在巴黎与瓦尔瓦拉·彼得罗夫娜·伊兹马尔科娃的相遇，以及对她的爱看作自己生命中的另一个"决定性时刻"。随后，这些"决定性时刻"成为普里什文创作的自传体小说《恶老头的锁链》的情节基础。

1902—1905年，普里什文当了一名农艺师，写了一些关于农业的书籍。1905年他开始从事新闻工作，这直接促成他散文诗学的形成和随笔集《节外生枝》的诞生。他于1904年抵达圣彼得堡，成为圣彼得堡作家的"精神家园"。在此期间，他与马克西姆・高尔基、德米特里・谢尔盖耶维奇・梅列日科夫斯基、亚历山大・亚历山德罗维奇・勃洛克等作家关系密切。

普里什文把北方称为他诗意的故乡。他在创作生涯一开始就萌生了去北方大地旅行的想法。1906 年夏天，正如普里什文自己后来所说的那样，“放弃了自己的仕途，身无分文，带着一支廉价的枪，徒步北上，记录民间故事和传说”。然后他在维戈夫地区（卡累利阿）待了几个月。普里什文第一次去北方旅行时记录的 38 篇民间故事被收录在翁丘科夫整理的《北方童话集》中。根据这次旅行的印象，普里什文创作了一本散文集《飞鸟不惊的地方》，他认为这是自己真正的第一部文学作品。凭借这部作品，普里什文被授予俄罗斯皇家地理学会的银质奖章。

1907 年，普里什文代表地理学会再次奔赴北方。“抛开一切，我再次前往……飞鸟不惊之地，记录童话故事。”他回忆道：“1907 年 5 月中旬，我沿着苏霍纳河和北德维纳河前往阿尔汉格尔斯克——这就是我穿越北方的开始。一部分路程步行，一部分路程坐木船划行，一部分路程坐轮船航行，我绕着白海沿岸转了一圈，到达坎达拉克沙。”然后普里什文穿过科拉半岛，访问了索洛维茨基群岛和西摩尔曼斯克群岛，并于 7 月初乘船返回阿尔汉格尔斯克。“在阿尔汉格尔斯克，”他写道，“我遇到了一位水手，他的故事让我着迷，我和他一起乘渔船横渡北冰洋。我和他一起乘渔船在卡宁角外游荡了两个星期，然后到达摩尔曼斯克。在这里，我在一个钓鱼营地安顿下来，开始在海洋中捕鱼。最后，我乘坐轮船从这里出发前往挪威，然后绕过斯堪的纳维亚半岛回家。”

普里什文访问了包括索洛维茨基在内的许多北方地区的修道院，在那里，他与朝圣者一起乘坐敞篷船航行。这段旅程激发了普里什文创作《跟随神奇的小圆面包》一书的灵感。在书中，普里什文生动地描绘了北方的自然风光。“在大自然中，没有任何地方像北方那样美丽。”普里什文也被强壮、勇敢、思想纯洁的劳动者征服了，他在关于北方的随笔中塑造了他们的形象。

在重读了许多关于森林的书籍后，普里什文梦想能看到一片没有被斧头砍伐过的纯净森林，在他心里称之为“贝林杰耶夫密林”。1935 年 5 月至 6 月，普里什文和他的儿子彼得·普里什文前往皮涅加地区寻找“贝林杰耶夫密林”，这次旅程持续了 19 天。普里什文说：“我无比渴望呼吸那种没有农奴制的残酷、只有人民生活的气息。在那里，在针叶林的荒野中，可能还保存着俄罗斯普通民众过去英雄时代的传说。”

在 62 岁的年纪，普里什文乘火车从莫斯科前往沃洛格达，然后乘轮船沿着沃洛格达河、苏霍纳河和北德维纳河到达上托伊马。在去苏霍纳河流域旅行期间，一位同伴向他讲述了一片有三百多年树龄的松树生长的神奇的森林，这进一步激发了普里什文寻找“贝林杰耶夫密林”的渴望。

随后，普里什文骑马克服了从上托伊马到皮涅加附近村庄这段路途的艰辛。在那里，他乘划艇沿着皮涅加河下到伊列沙河河口，然后乘一艘白杨木船沿着伊列沙河到达其支流科达河，再沿着科达河到达其上游。从这里出发，普里什文在向导的带领下步行穿过茂密的森林，找到了“贝林杰耶夫密林”——一片未被斧头砍伐过的森林。回到伊列沙河河口后，普里什文沿着皮涅加河来到皮涅加地区行政中心休息了两天，然后乘轮船前往阿尔汉格尔斯克。

得益于这次旅行，普里什文的笔下诞生了随笔集《贝林杰耶夫密林》（《北方森林》）和童话小说《造船木材林》。普里什文晚年一直在创作和修改这部《造船木材林》，直到1953年12月，也就是他去世前一个月完成了这部小说。“那里的森林里有三百多年树龄的松树，树木一棵挨着另一棵，根本砍不倒！如果一棵树被砍断了，它就会靠在另一棵树上，而不会倒下。世界上居然有那么笔直、那么纯净的树木！”这就是普里什文笔下的那片神奇的森林。

《贝林杰耶夫密林》中的许多文章标题与皮涅加地区的地理名称相对应，如“伊列沙河”“拉维拉”“亚夫左拉”等。

普里什文的向导亚历山大·古宾的性格特征，在他的童话小说《船木松林》中以英雄马努伊拉的形象体现出来。多年后，亚历山大·古宾回忆普里什文时说："他是一个什么都要问清楚的老人——他欣赏所有的树木，他数树木的年轮。他会戴上放大镜，把森林里的一切都看得很清楚！我那时候是个年轻人，我听他的。现在没有这种人了！"

普里什文一生游历颇丰，但北方就像他的初恋一样，从未离开。他的作品的主题是人与自然的和谐相处，主要描写自然界的生活，歌唱与大自然紧密联系的人的创造性劳动。在长达半个世纪的文学创作中，普里什文虽亲历俄罗斯文学发展历程中批判现实主义的衰落、现代主义的崛起和社会主义现实主义的繁盛，却始终保持了个性化的艺术追求。他的创作不仅拓宽了俄罗斯现代散文的主题范围，而且为其奠定了一种原初意义上的风貌，他也由此被称为世界文学史上最具代表性的"大自然诗人与文人"。

米哈伊尔·米哈伊洛维奇·普里什文于 1954 年 1 月 16 日在莫斯科去世。

贝林杰耶夫密林

[俄]米哈伊尔·米哈伊洛维奇·普里什文 著

王金玲 主编 吕翠媛 译

西苑出版社
XIYUAN PUBLISHING HOUSE
·北京·

如果正确地生活，

森林和人类都会善始善终。

目录

人民委员部的委托

很多次，当你站在白桦树下牵拉树枝，看到从头顶上方折断的树枝中流出来汁液，你就会全身都感觉到白桦树不是植物，而是鲜活的人。早春时节的树枝还是光秃秃的，但它们的生命力依然显现出来。你若仔细察看四周的树枝，也许能发现点什么，但当你想到自己对树木的生命知之甚少时，就会觉得沮丧。树林旁边有一座村庄，村庄的历史无人知晓。除了一些老人模糊的记忆，没有人知道千百年来生活在这座村庄里的人们确切的消息，也没有任何遗留下来的古人历史的痕迹。如果你砍断一棵树，就可以通过年轮判断它的年龄，也可以得知它哪一年长得好，哪一年长得不好，哪一年是灾年，哪一年是丰年，还可以根据树木遭遇的灾情来判断居住在村子里的人们也遇上了灾难。我多想牵拉住森林里的白桦树，学会理解一片森林的生命，让这片长寿的森林给我讲一讲那些短命人的命运啊！也许这个富有诗意的隐秘愿望是我从小读梅利尼科夫的小说《树林里》时就出现了，一直让我不安和激动。虽然这个对森林的渴望不是我天生就有，而是通过阅读森林诗人的小说产生的，可它现在对我来说没有什么不同，因为树木的生命已经进入我的血液里，如果头顶的白桦树树枝流出液体，那么它就不仅是植物，而且是跟人一样的鲜活的生命。

这些树木有一千年的，也有两千年的。我站在白桦树下思考，要想理解树木的生命，首先要学会站在树木旁像感受自己的年龄一样感受树木的年龄，只有这样，才能理解树木像人一样经历的成长和竞争。如果我们能怀有这样的感情，我们就不会经常说树木只是立在那里。如果我们能够把树木悠长的年轮比作我们短暂的寿命[1]，那么我们就可以认为，树木之间的竞争就像大城市里的人与人之间的竞争一样。除此之外，树木没有人的情感，除了种子，它们什么都不会留下。一粒种子成长为一棵新的树木，树木产生的新种子又会长成新的树木。地面上连绵起伏的白桦、松树、云杉与人类文物一起构成了景观。很多年过去了，每年春天我都想弄清楚大地上树木的生长过程，但是春去秋来，除了一点儿有限的尝试，我仍一无所获。

1935年春天来临之时，有人建议我写“森林”题材的小说，以描写林业为主，来吸引社会关注森林工业。很有可能一提到“森林”这一话题，人们就会产生错觉，认为保护森林就不能砍伐树木，但是成材的树木就应该砍伐，否则它们就要受虫害或者遭火灾。既然要写“森林”题材，那么就要全面了解森林。

当我来到林业人民委员部谈写作的时候，那里的木排工正在开开春前的会议，这些木排工都是在全国各条大河上放木排的。《林

1　现在开始拍摄植物的生命过程，要拍一整个夏天，然后制作成几分钟的影片。——作者注

业报》得知我要写“森林”题材的作品之后，就把最著名的木排工从会议上叫出来和我照相。

留着大胡子的木排工很快就来了，他把和作家照相一事当成了国家大事。我实际上也不明白为什么要和木排工照相，只不过不想直接拒绝，也不想因为小事与其发生争吵。在摄影师做准备的时候，我听木排工说他已经在韦特卢加河[1]上放排三十多年了，一次事故都没有出过。我和他提起了这条河上的旧教徒们，我曾经写过他们的故事，还跟他说起位于基捷日城[2]斯韦特洛耶－奥泽罗湖[3]的朝圣者。现在，所有这一切，以及我自己在森林里的经历，还有梅利尼科夫[4]描写的画面都瞬时出现在我的脑海中，似乎是对过去那些被所有人遗忘的和大多数人不理解的事物的怀念。我还想起了历史学家克柳切夫斯基描写黄土的著名篇章，北方的农民像对抗恶魔一样同黄土作斗争。多年流放木材的木排工是真正了解农民过去历史的人。

我心想：“确实应该放排运送木材，不能让宝贵的资源受虫害和遭火灾。”

会后，我有机会和一个人民委员部的工作人员谈话，他极力

1　流经俄罗斯欧洲地区中心的河流，伏尔加河的支流。——译者注

2　传说中位于下诺夫哥罗德州北部地区的一座被湮灭的城市。——译者注

3　位于俄罗斯阿尔泰边疆区的湖泊。——译者注

4　帕维尔·伊万诺维奇·梅利尼科夫（1818—1883），俄罗斯现实主义作家、政论家。擅长描写俄罗斯人民的生活和性格，主要作品有《在森林里》《在群山中》等。——译者注

地给我灌输一种思想，即如果靠机械化和引进工业方法来挽救林业就一定有希望。凭借自己的艺术研究经验，我一点也不因为自己对林业的无知而感到难为情，相反，我认为那些不熟悉的领域比熟悉的更容易了解，我知道我对森林的热爱和对林业的无知能帮助我快速解决一切问题。谁知道呢？也许我能发现别人发现不了却与之有关联的东西呢？这位人民委员部的工作人员就像和我照相的木排工一样，他以前也干过木排工，他把我想了解林业的愿望看作国家大事，给我发了一份证明文件：

受林业人民委员部委托，作家米哈伊尔·米哈伊洛维奇·普里什文于 1935 年开始创作“森林”题材的作品。人民委员部认为该作品具有重要文化意义，其将有助于在广大工人、集体农庄庄员和社会主义知识分子读者中宣传社会主义林业任务，其中首要任务就是在劳动中引进工业方法（全部过程机械化）。

玛什卡

我的所有研究和创作都是发自内心的，我的创作题目就像是放到井下的一只空桶，如果拉上来的桶空空如也，我就会弃之不用;如果拉上来后发现桶里有水，我就会把水洒在枕头上，然后忘我地投入进去。这次创作就非常简单，既然人民委员部委托了我，也许就会有什么益处，不过我自己没想过会有什么益处，那么我只管去积累素材，然后进行加工和完善。以前我的创作很简单，也从来不曾对外隐瞒：我就想把我的“桶”装满，抵住诱惑，努力填补创作上的空白。

语言艺术当然与机械化相去甚远，不过，让我吃惊的是，当我把“桶”放到“井”下，之后再提上来，我发现提上来的“桶”并不是空的——我在个人工作中实现机械化是从有了“王冠”牌的打字机开始的。

我还记得那时候，我一直觉得如果用打字机写作，打字机一定会在我的作品上打上机器的烙印，那么我的作品就好像不完全是我自己写的了。当我用手写的时候，就一直迷信这个，还挺强烈的，但慢慢地我就学会了使用打字机。四五年过去了，装在套子里的打字机就放在我的桌下，旁边还有一个废纸篓。当我要写作的时候，就把它从套子里拿出来放到桌上开始写作，写完了再把它放回原处。我坐在桌旁，它就在我的脚下。我现在回想起来以前的我作为一个作家居然害怕打字机，简直太可笑了！我对汽车的看法也一样。在那些艰难的时期，我不想浪费时间写那些粗制滥造的作品，就养了一头奶牛，给它取名叫“玛什卡”，我和妻子在菜园里给它种了甜菜当饲料。当我们的生活改善了之后，时间也变得易逝和宝贵，如果继续养奶牛感觉不划算，我们就把奶牛卖了，在奶牛原来待的地方摆放了一辆汽车。为了纪念我们的奶牛，我们给汽车也取名叫“玛什卡”，习惯了偶尔也把汽车当成活物一样对待。

“喂！玛什卡，你靠边点！”每当妻子在洗汽车，如果发现抹布够不着某一块地方的时候，就会脱口而出这样的话。

“来吧，让我来推它。”

突然，我们回过神来，意识到这个“玛什卡”是推不动的，它的重量有 100 普特[1]，而且只多不少。

我和儿子别佳渐渐学会了侍弄“玛什卡”，开着它去办事和打猎。路况好时开车确实很方便，但是养护汽车很费劲，也很脏，也许养护汽车比养牛更脏。不过最大的困难和危险是在森林里开车打猎。任何城里的司机都无法将车开到我和别佳到过的地方。

我们在树桥上开车时不止一次遇上桥塌了，连车带人掉进沟里，还有一次差点沉到泥炭沼泽里。那时候一根 30 厘米长的小铁

1　1 普特，俄罗斯重量单位，1 普特约等于 16.38 千克。——译者注

柱就成了我们的救星。它俗称“千斤顶”。千斤顶的侧面有个小洞，能伸进去一个扶手，如果转动这个扶手，从千斤顶里就会冒出来一个螺栓。十岁的儿子轻松地转动了千斤顶的扶手，如果千斤顶底下有支撑的地方，那么凭借螺栓的力量刚好能很容易地把100普特重的汽车顶起来。

有时候眼看树桥要塌了，我们得赶紧去捡石头，如果没有石头就赶忙去砍木头当垫板，然后用千斤顶把车轮顶起来，把垫板或者石头垫进去，再把千斤顶放在石头上，再顶，这样垫板上再加垫板，石头上再码石头，就垫得越来越高……“玛什卡”被顶起来的时候，我们就捡材料加固树桥，这样就可以安全通过树桥，以后来到这里的人也能长时间使用这座树桥，并且会感谢我们说：“谢谢米哈伊尔·米哈伊洛维奇，您又给我们修了桥，您的手真巧啊！”

其实，这和米哈伊尔·米哈伊洛维奇有什么关系呢？老米哈伊尔·米哈伊洛维奇只能费力地举起3普特重的东西，而汽车是千斤顶顶起来的。千斤顶像一个神奇的勇士，只能躺在我们脚边的黑箱子里，不吃不喝，不提任何要求，却能顶起几百普特的重物。

三年后，我就不再开着“玛什卡”去打猎，而是过起了安静的家庭生活。现在我不认为我和“玛什卡”分开了，就像对待“王冠”牌打字机一样，我习惯了养护它，习惯了用打字机写作。如果没有这个打字机，我的生活就会变得很糟糕。现在，重要的不是我可能开车出门50多公里，午饭前我能带着打着的大鹬回家，还留下了写作的时间。重要的是，无论我经历怎样的艰难岁月，我都会像现代人一样摆弄得了打字机，能够为今天的读者高兴地书写史前大鹬和原始森林的故事。

那么，现在再回到我们的人民委员部委托我写的林业机械化的题目上来：我往井里放下去一只空桶，我相信它被提上来的时候不会是空空如也，因为在我个人生活中已经有了实现机械化的故事。

有一些人受大自然的影响，一到春天就烦闷，这通常是由于受到春天大自然中活跃起来的万物的影响，如果人不能随之“活跃”，就会陷入无限的各种“希望”的痛苦之中。如果你能恰当地融入这种“活跃”中，就会感受到生活带来的不同寻常的快乐。

我发现佩列斯拉夫尔－扎列斯基[1]地区有一片松鸡活动的林地。在那儿的水藓沼泽地中，有一些干爽的长条沙丘和松树林，鸟儿们都飞去求偶，然后再飞回低矮的沼泽松树下的浆果丛里。我们利用千斤顶、铁锹、斧头，轮子绑上铁链或绳子，就能把“玛什卡”开到沙丘附近。有了斧头和千斤顶，就没有“福特”车开不过去的地方。旅行前，我想在离我家不远的北方木材流送地的森林里先待一会儿，在那里读几本好书，一边读书一边打猎，这样就能让我深入那些如果不是为了打猎就无论如何也不会去的地方。

从扎戈尔斯克[2]到佩列斯拉夫尔[3]的路是一条位于祖国心脏最美的道路，周围都是森林：挂三挡开上高高的山丘，从山丘下来时就

1　俄罗斯雅罗斯拉夫尔州所在的城市。——译者注
2　俄罗斯城市，谢尔吉耶夫波萨德的旧称。——译者注
3　佩列斯拉夫尔－扎列斯基的简称。——译者注

踩离合器节省汽油，车子冲下来，一路上在一个个山丘之间驰骋。

当你习惯了随意地转动方向盘，开着车以每小时 40 公里的速度行驶时，你就会愿意想什么就想什么。好像除了在这春汛时节的路上，无论在哪儿，无论在何时，你都无法如此透彻地理解森林对于保护水域的意义。行驶在森林里，不仅能看到树木两旁的雪，甚至森林里面的公路都是湿漉漉的。树木变得稀疏了，田野出现了，也许是古代俄罗斯中部移民时期人们开发出来的。到处是“喜鹊王国”，一片自北向南泛白的黑土带，从北看是白色的，从南看是黑色的。而那些矮树林间的道路是干的，要是能打拐玩就好了！小溪欢快地流淌进河里，鹡鸰在结冰的河岸边掠过，隐约能看见它们脖子下闪烁的漆黑的羽毛和上下晃动的尾巴。

刚越过田野，又上了湿漉漉的公路，也许在密林深处覆盖着松软的积雪。我们在雪地上发现了人的脚印，不是新脚印，而是已经模糊了的旧脚印，我们猜测：“也许这个人冬天时候去世了，春天到来之前只留下了他的脚印吧？”

没发现有人，只有留在森林里的脚印。这个脚印只会更加模糊，渐渐完全消失……

割松树皮

我们在位于村头的乌索利耶[1]林场里安顿下来，这里长着一片高大的松树林。房前有一个预防森林火灾的高 32 米的瞭望台。蚊子多的时候，林学家的妻子叶卡捷琳娜·帕夫洛芙娜就会上到瞭望台那里去看书：那里比松树都高，一只蚊子都没有。我们也喜欢到瞭望台上去，在那里享受明媚阳光，或者体验雾气缭绕的感觉。在瞭望台上向前看，能看见模糊的佩列斯拉夫尔，往左能瞥见普列谢耶沃湖[2]，往右能看得见谢米诺村和连接了两座湖的维克萨河[3]。这些湖泊、河流、林场，以及建在泥炭层上的建筑都安静地注视着大量淡蓝色的木材被一排排运走，渐渐消失在远方。我以前走遍了国家的城市和乡村，我相信再也没有比我们莫斯科郊外更好的森林了。我喜欢这里有无限多样性的地形：波状起伏的土地带来波状起伏的森林。山丘不是很陡，上坡也不费劲。除了让人头疼的泥炭沼泽——过沼泽地比较困难，其他的也没那么可怕。这里有大片的林

---

1 俄罗斯彼尔姆边疆区的城市。——译者注

2 位于俄罗斯雅罗斯拉夫尔州西南地区的淡水湖。——译者注

3 俄罗斯雅罗斯拉夫尔州佩列斯拉夫尔地区的河流，发源于普列谢耶沃湖。——译者注

中草地、无数美丽的白桦树和五彩缤纷的花朵。真的，再也没有比这里更好的地方了！

十年前……我们度过了多么难忘的苏联时期的十年啊！我把自己想象成童话中的皇帝贝林杰耶夫。我带着枪和记事本游遍了瞭望台所能瞭望到的所有地方，之后写成了记录我游历生活的作品《贝林杰耶夫的泉源》。我那时的生活多幸福啊！只有当时社会生活的残酷才能把我和“贝林杰耶夫王国”分开。在普列谢耶沃湖湖畔有过很多非常快乐的时刻，后来因同情那些由于社会的原因而无法庆祝快乐节日的人，我的快乐变成了巨大的痛苦，那些节日类似于祭祀亚利拉太阳神和自然之神的仪式，我只在这一地区碰到过。如今，十年过去了，有成千上万的人读过我的《贝林杰耶夫的泉源》，几百个读者成为我未曾谋面的朋友，他们一年又一年与我一起体会着春天的节日。有了这些读者朋友，我才确信人们能在森林里和湖畔定居的事实。我的欣喜就像从庞大人群中回到小范围的人群中一样，这种喜悦不是因为获得了荣誉，而是因为爱，是因为那些忠诚的读者让我体会到的亲切感。我的内心没有一直承受痛苦，也有高兴的时候，甚至可以自我夸耀自己的善良，如果家里有食物，我也会邀请客人来做客。我环顾贝林杰耶夫地区，回忆起和已故的著名考古学家斯皮岑[1]在维克萨河上一起发掘原始人的遗址——波尔措，内心充满了喜悦。

---

1 亚历山大·安德烈耶维奇·斯皮岑（1858—1931），俄罗斯考古学家。——译者注

“请问，德米特里·德米特里耶维奇，”我问扎瓦里什——一位木材采运专家，“以前韦克萨河边有一些陡坡，上面长了松树，是佩列斯拉夫尔工人喜爱的休闲地。现在我怎么找不到了呢？现在既没有松树，也没了陡坡……”

“松树都被砍了。”

“啊？为什么？！”

我差点儿没痛苦地喊起来，那种感觉就像我抓住了一个伸进我口袋里的小偷的手一样，让人感到憎恶。

我们快速从瞭望台上下来，然后上了小船，小船慢慢驶离河岸向前划行。突然，我发现一棵我认识的大松树，它的树根像大胡子一样伸到河里——只剩下树根和树桩，再往前就是光秃秃的陡坡，整个右岸上堆着一垛垛的木材，保护着这条美丽的小河，使其成为夏季人们健康的泉源。现在木材堆在岸上，将来可以用作劈柴、长条型材、锯解原木、电线杆用抛光木材。在我们波列茨村[1]附近的原住民驻地上应当有一座斯皮岑纪念碑，这些充满活力的原住民把木桩依次滚到水里，春季的木材散放流送就开始了。原住民从远处看见我们后，就来到我们面前帮我们拖船，还跟我们要报纸。简直令人难以置信！他们的样子明明看起来很野蛮。

“你们还看报纸啊！”

“抽烟用！”

---

1 位于俄罗斯下诺夫哥罗德州博戈罗茨克区的村庄。——译者注

这句“抽烟用”听起来让人觉得奇怪……后来他们果然用报纸抽起烟来了，我暂且放下“犯罪调查”工作，趁闲暇之时，给他们讲原始人遗址以及我们在波尔措的发掘工作。

“现在田鼠还没出洞呢，”我环顾了一下冰雪刚刚融化的波尔措说道，“这些田鼠是遗址的第一批考古员，它们会把原始时期的器皿和燧石的箭套从土里刨出来。”

一个长着鹰钩鼻和小眼睛的工人有点像土匪头目，另一个留着花白色编起来的大胡子是个老头，还有一个帅气的小伙子问了我们一连串带有他主观猜测的关于原始人、气候、地球运行的问题。有时遇到这样的问题你会感到害怕，以为这个人要比自己博学得多，他会发现你的无知，你会被他嘲笑；或者他像相信上帝一样相信科学，相信这个大胡子爷爷，如果这个大胡子爷爷给大自然制定一个法律，那么就一定要坚决遵守。我努力给他解释，说完全没有什么像大自然法律那样的东西，大自然就像人类一样，全身充满活力，且变化多端。

“我明白了！”他高兴地喊起来，就好像听了我的妙论之后充满了感激之情一样。

“你明白了什么？有什么可高兴的？”

“我明白了没有法律呀！”他庄重地喊了一句。

老头阴沉地说：

“傻瓜，这有啥可高兴的！”

“我也正想谈谈法律，”我努力向他们证明说，“每种法律都可能有例外，所以我想说，法律当然存在，但是法律是灵活的……”

“我明白你想说的，”这个憨厚的无政府主义者说道，“我听说土地不会屈服，不过话说回来，如果土地能，那么我也能……”

德米特里小声说：“这是个被没收财产的人，从泥煤企业穿过沼泽逃跑了。”

原来小伙子是个逃犯。

“那您是从哪儿来的？到这儿来干什么？”

我回答说，是人民委员部为了实现木材加工方法机械化而委托我来观察木材加工的。

“这是反人类的，”无政府主义者说，“要是把一切都机械化了，地球上也就不会有人类了。”

“不能把人机械化，”“土匪头目”说，“甚至猫都不行。”

我曾经几百上千次听过一个乡村里流传的故事，说的是人们让猫学会了端盘子，有一次它看见了老鼠……由此得出结论：本性会战胜科学。结论是合理的。而现在说的是无法把人机械化。

“没人想被机械化！”我喊道，“相反，我们想掌握机器，让自己变得更强大和自由……”

我还没来得及向他们证明这件事，突然我的脑海中闪过一个清醒的意识，仿佛透过人群看清楚了这个憨厚的无政府主义者，明白了他为什么害怕法律并逃避法律。当法律到来时，他就会像奴隶一样代表法律，他也一定会成为法律的奴隶。有了这种瞬间清醒的意识，尽管我十分不清楚事实如何，但我明白，正是这样的“无政府主义者”被自己不认可的法律控制了，就变成了盲目的执行者，最终毁了佩列斯拉夫尔陡坡上的松树。

显而易见，当钥匙配好之后，箱子里的秘密就一目了然了：韦克萨河右岸本来应该交给亚历山德罗夫斯纸业托拉斯的泥炭企业，而木材管理员为了不让托拉斯使用木材，就把土地转交出去，迅速把森林据为己有。无论何时，无论何地，这些平庸的俄罗斯无政府主义者——“法律”的盲从者，在“活的法律”有必要确立之前，都会紧张而恐惧地活着。他们的脸像我们的地球一样，每天不停变化，就像世界上从来不会有两天重合在一起，世界上也没有相同的一天，更不会有两个相同的伊万一样。

“只有再过两百年这个错误才能被纠正！”我痛苦地说，“那时候陡坡上会再长出松树来。”

“要是在陡坡上撒种就能长树木，”扎瓦里什回应道，“不过……不会有人撒种的。”

我想了想说道：

“要是把问题都解决了就好了，也许，这些都属于个人恩怨。”

“个人恩怨，”扎瓦里什叹了口气说，“那可真不像话。”

我的目光转向韦克萨河左岸上的松树，我们在河岸上聊天。每棵树的树干上都有一个被剥去树皮的大圆圈：为了采割松树，树干上的圆圈变成了红色，过一段时间在红圆圈上固定一个嵌口，然后在嵌口上挂上小杯子，汁液就会流到杯子里。这叫采松树汁，采到树木死亡为止，之后松树就会被砍伐。

“如果旁边是大道，当要砍伐树木的时候，大道就会被铺上沙子，这怎么可行呢？有一项专门保护道路旁边树木的法律……”

他们不考虑能全方位保护人民生命的重要法律，他们认为讨上司的喜欢和服从上司就是“法律”，就像被机械化了的猫在看到老鼠之前机械地服从人的要求一样。

机械化的过程很有吸引力。我曾经生活过的松林里燕雀在唱歌，它们的歌声像往常一样是那么夸张和莫名其妙。在燕雀的歌声中，我开始原谅某人并回忆起诸如“以卵击石”的谚语。那时候带有血红色头顶的黑啄木鸟发出两种叫声：一种声音像警报，另一种像临死前痛苦的呻吟。我快速跑过去选了一块干爽的地方，伴随着被黑啄木鸟的呻吟声打断的燕雀的歌声，我开始往报社写控告书，依据是：虽然树木不觉得疼，但是人有时会因为树木而痛苦，所以砍伐树木就是打击人类。

我因此拯救了韦克萨河左岸的松树，以后我再写个故事来说明此事。

滚圆木

寒风呼啸，森林里覆盖着厚厚的积雪，沼泽里是满满的积水。人们都带着捕鱼篓子奔向某个地方。岸边，一个老头收了众人的10卢布后，就脱下衣服跳入冰水中，他梳理了自己的头发，从冰水中出来时浑身通红，然后喝下半升红酒。第二次，惊讶的人们又收集了10卢布给他，他重复了先前的行为——脱掉衣服，跳入冰水中，梳理头发，喝下半升红酒。第三次人们只给他收集了8卢布，出于自尊他没有接受8卢布，就拒绝下水了。有一个大胡子同意为了这8卢布剃光自己的大胡子。人们哈哈大笑着把这个人的大胡子剃光，让他回家找妻子。听说他的妻子没认出他来，还以为自己在和别人说话呢！

岸边的人们把木材推进河里，散放的木材漂满了河面。圆木从高高的木头垛上砰砰地掉进水里，一根撞击着另一根。这种声音我在松林里听过，我还写了关于松林的文章寄给《消息报》。松林里的响声就像在克罗连卡山[1]附近的响声一样永不停息，远处圆木倒下时相互撞击的声音和山顶的声音融合在一起，就像潮水一样——潮水哗啦啦地撞击着水底的石头。

---

1 位于萨哈共和国境内阿姆加村的阿姆加河左岸。——译者注

我看见了水坝旁边的袋形木排[1]。湖边的木材准备进入拦河浮栅了。湖面只剩下200米长的冰，这些冰被敲碎后，就等待顺风到来，木材从浮栅进入湖里，运到涅尔利河口[2]，再沿河道运到伏尔加河上。

从州里来了一位大官。听我说佩列斯拉夫尔陡坡被破坏，道旁的森林因为采割也逐渐死亡后，大官像我一样大为生气，但是他并没有批评林业单位——这些单位拼命想砍伐树木，因为国家需要木材。工人们没有文化，也无法让他们对此负责。大官认为真正的责任人应该是当地的组织机构，因为城市里到处是泥泞，文化古迹被破坏，这些机构还想往12世纪的教堂里放土豆。我试图给他解释这件事，诸如佩列斯拉夫尔等，这些历史悠久的城市中的文物和古迹的保护以前是由老一辈人负责的，后来的苏联人只满足于表面的成绩和安于已取得的成绩而不再积极进取。现在保存和恢复老城市的面貌甚至比建设新的城市更困难。

夜色明朗。人们在夜里的维克萨河上观看木材流送。我和别佳在家里的灯光下阅读莫洛佐夫[3]的《森林学说》。我的脑子里有了两个计划：一个是徒步计划，以森林为角度观察贝林杰耶夫地区，包括新建的运河；另一个计划是开车穿过森林到达北极和冻土带，在更大的范围中了解北方的景观。

---

1 供木材流放用的。——译者注

2 位于繁忙贸易要道涅尔利河—克利亚济马河—奥卡河—伏尔加河上的河口。——译者注

3 格奥尔基·费德洛维奇·莫洛佐夫（1867—1920），俄罗斯著名林学家、植物学家、土壤学家和地理学家。——译者注

工长

林场里有两个林业专家，一个是林业经济管理负责人，以前称林业专家，负责森林再造事务；另一个负责森林砍伐事务。这两个专家一个负责种树，另一个负责砍树，我们把他们简称为“造林专家”和“伐木工”。

在我们的思想意识中，会不由自主地认为“造林专家”比“伐木工”更讨人喜欢，因为我们觉得繁殖树木困难，而砍伐树木轻而易举。专家们说这种看法完全不对。北方的树木老得快，两三百年的寿命而已。到了寿命的树木就要死亡，然后腐烂或者遭受森林火灾。因此，森林主人应当及时砍伐成熟的树木，以免遭受损失。按照专家的说法，砍伐树木不见得比再造森林更容易。很有可能专家是对的，我们对于森林砍伐的看法是不正确的，但是在我观察到的区域里，我发现管理机构走了极端，他们对森林再造没有任何投入，所有资金都投向了森林采伐。他们给我看了一块被砍伐过的林地，这已经是第六个年头等待松树自己繁殖了。要是每公顷投入 30 卢布，这块地上早就长起了树林。可在这块森林砍伐地区完全没有对森林再造的资金投入。我们林场造林专家的地位就像英国国王一样：他没有任何管理的权力，哪怕想要一匹能骑着穿过森林的马，都必须得去找伐木工，那时候森林里连一条车道都没有。伐木工不仅能给我们找一匹马，而且他还骑着自己的枣红马陪着我们。我们的车上坐着集体农庄庄员西雷奇，“英国国王”骑着自己的灰马跟在我们的后面。

清晨的寒气把金发藓云杉林中的道路冻结实了。我们越过高高的山谷，整个山谷被未经修剪的木头堆满了，伐木工称之为“森林坟墓”。木头就在这座“森林坟墓”里死亡和腐烂，大约有一万立方米。就在莫斯科郊外的公路旁边！我承认，这是一个尖锐的森林难题，关于“森林坟墓”成因的问题不会找到任何答案。最有可能的原因就是庄员们没有把砍下来的木材和裁好但没有剥皮的原木运出去，让它们在原地腐烂，并且让附近的健康树林也感染虫害。那么为什么庄员们没有履行自己的职责呢？这里还有一些非常老的坟墓，在刚开始建集体农庄的时候，这些坟墓里就已经埋着死人了。也有一些新的“坟墓”，堆着上等的木材，甚至是当年冬天砍伐下来的。这些木材为什么没有被运走呢？

只要看一眼集体农庄庄员西雷奇的个人核算账本就能明白原因。从他的账本中可以看得出来，他从冬天的木材砍伐工作上没挣到什么钱，他没有任何兴趣把这件重要的事情干好。他说自己干活漫不经心，一共就干了三天活，去集体农庄用去一天，回来用去一天，要是认真干活的话，即使不像现在每天砍十棵树的量，只要砍三棵，这片森林也就一根圆木都不会剩下了。

外行人认为原因在于工资，只要工钱合适，庄员们就会拼命奔到森林里。其实不然，工钱也不是白给的。经济师根据产量确定工资数额。可为什么集体农庄庄员还是没能完成定额，他的个人核算账本那么惨不忍睹呢？经济师给出多种说法，他们提到卢布的购买力、合作社的工作等，如果从中找点儿缺点，那就是集体农庄庄员对自己冬天砍树的活儿完全不感兴趣。这些说辞给我一种印象，或者经济师搞混了，或者伐木工欺骗了我，或者我完全不懂经济。最后伐木工给了我答案，既清楚又简单。

原因在工长身上。

工长是干什么的？集体农庄庄员来到树林里裁木头。比如说，原材既能裁成高质量的锯解原木，也可以裁成短枕原木或其他型材。集体农庄庄员裁木材比砍木柴能多挣两倍的工资。但是要想干裁木材的活儿就要会思考、计算，甚至冒险，即你在花费时间裁完之后才发现原材本身有损坏的情况。锯木头就简单得多了，干习惯了就不用动脑子。如果给一个集体农庄庄员 100 天的任务量，他能按时完成，但是砍出来的木柴很便宜，那么他干的活儿就不值钱，他只想快点干完活儿，因为他习惯了冬天赶紧干完活儿就回家。这时如果工长来帮忙，给庄员讲解方法，劝说和教导他们，那么在工长的帮助下，集体农庄庄员的工资就能比平常提高两倍，木材也能比普通的木柴值钱很多。让工长一直帮助我们吧！但是工长为集体农庄庄员提供帮助的工作只占工长总工作量的 25%，其余的 75% 工长要去招募工人和派出劳动力。这通常成了木材工业中普遍的恶性循环：劳动生产率和工资增长取决于工长，但是工长主要干的是招人和派出劳动力的活儿。

还有最后一个问题：如果工长对于生产率和工资的提高起着决定性的作用，为什么不把这些打着灯笼也难找到的人才用在生产上，而另外找一些其他相应的技术水平不必那么高的人进行招募和派工呢？

如果被问到的专家耸耸肩膀，什么也不说，转过头驾着自己的马只想快点儿把人从黑暗的森林中驮出去，那么我们这些好奇的人又能怎么办呢？我们只能自己陷入深深的思索之中：“多么令人感到奇怪的森林啊！当树木在生长的时候，你在林中漫步，当树木被砍伐后变成木材的时候，你依然在木材垛中漫步……”

西雷奇的猜想

春季火热的太阳温暖了清晨的寒气，路上的雪融化了，马车陷进泥里，枣红色的公马走得很慢，它发现了身后那匹造林专家的灰马。枣红马的主人猜到了马倔犟的原因，就让它休息一会儿再赶它上路，吆喝它，再打它。当枣红马拒绝驮运我们时，主人从马车上下来，折了一根大树枝后开始削大树枝上的小树枝。

“我们要是有觉悟的话，”西雷奇说道，“我们相邻三个村子的人就能毫不费力地把木材运出来！”

“你还说什么觉悟，”伐木工痛苦地喊起来，“不管我们给你们讲什么，在报纸上写什么，你们都充耳不闻。林子里的木材应该用一个冬天的时间都运出来，而我却要指望什么觉悟。”

“说得对！”西雷奇附和道，“松树之类的也能长两三百年，而觉悟是让人失去干事业的兴趣，这可要培养几百年！”

“这不是觉悟的问题，”我对年长的，但是对集体农庄建设原则不太清楚的西雷奇说，“没人要求您或者集体农庄庄员有抛弃个人兴趣的觉悟，相反，所有的集体农庄庄员都应该努力成为生活富裕的人，也就是说都应该在集体农庄中和苏维埃国家中找到个人兴趣，您明白我的意思吗？”

“我当然明白，你要是能让我们找到哪怕一点儿兴趣，那么不分老少都能跑到森林里，森林里的圆木就不会腐烂，你瞧……”

他又对伐木工说道：

“你为啥打自己的小马驹呢？来，给我吧，你怎么抓不住缰绳呢？赶紧抓住它！”

“我能，”伐木工恼火地说，“我不让你把我的马打到你的胯下。”

“什么胯下？”西雷奇笑了起来。

他让造林专家骑着灰马向前走。也许造林专家明白伐木工的意图后，想和自己的对手开个玩笑，他鞭打了一下自己的马，马立刻向前奔去。伐木工没有来得及抓住自己的马。灰色的母马刚一向前冲，公马就像所有春天发情的动物一样，紧跟着母马冲过去。

西雷奇得意扬扬地说：

“您看见了吧？无论怎么劝，怎么赶，它都不跑，我也不说能得到什么，只要让它看见自己感兴趣的，它就自己跑过去了。对我们集体农庄庄员来说，不用给我们讲什么觉悟，只要让我们感兴趣就够了。”

自己的兴趣

起初，我们因西雷奇说的话和突然间开始的策马飞奔感到非常开心，我们一边疾驰一边哈哈大笑。不一会儿，我们就想到这匹不驯服的马是驮着我们在树木之间，树根之上，在被暴风刮倒的树木上任意飞奔，如果我们不立即勒住马，一定会被摔得粉身碎骨。我们坐在马车上被颠得七慌八乱，彼此勉强抓着对方，又本能地能抓住什么就抓住什么。我们很久都没有这样开怀大笑了，是这种颠簸和碰撞触动了我们的内心，让我们大笑不已。这时有人发现了前方灰马的屁股，就大声喊起来："停！停！"但是我们的喊叫声被马车的咣当声和轰隆声完全盖住了。造林专家没有回头，而是越来越用力地鞭打自己的马。

马车把我们从泥泞难走的金发藓云杉林中带到了明亮的松林里，在两块绿化林之间有一个深沙坑，由于春雪融化，沙坑变得湿漉漉的。失去控制的马车一头冲进了深深的沙坑里，大汗淋漓的公马想挣脱出来，它一遍遍地抬起前蹄，然后又跪下，马的鲜血流了出来，和汗混在一起。

是时候回复西雷奇的疑问了。我对他说："亲爱的，您看到了吧，如果给了它绝对的自由，它只凭'自己的兴趣'会导致什么样的结果了吧？”

然后，我们进行了一次长谈，谈到无数的林业以及其他问题，这些都属于当前工作的重要问题。就像河流终究要流进大海一样，我们最终将借助创造共同幸福的力量使得新社会成员的个人生活利益代替资本主义世界的极端“个人利益”。

振作起来

一个阳光明媚的早晨过后，下了一场温暖的连绵细雨，雨持续了整整一天，天空中雾蒙蒙的。

这场细雨使春天顿时有了精气神儿，否则我们好像全身都变得不舒服了，连黑琴鸡求偶的鸣叫声都显得无精打采的。

林业局办公室里无休无止的噼里啪啦的算盘声简直让人难以忍受，职员们不可避免地开始暴露小伎俩，一个漂亮的、长着一双绿色眼睛的实习生来了……算了，森林里多好啊，我们决定想办法到森林里去。

就在这时，从维索基巴尔山岗上来了一个护林员，是年轻的小伙子尼古拉·谢罗夫。

我们让他和我们一起上车，一旦出现困难，他能够帮助我们解决，然后我们就坐车沿着一条艰难的道路出发前往打松鸡的猎场。

我们坐车行进的速度并不比推车快，但我们坐在车里，就像在家里一样，因为我们随身携带了全部的必需品。天一晴，我们就能出发——说走就走。伴随着黑琴鸡那美妙的咕咕声，我们铺垫了道路，修理了小桥，用斧头、铲子和千斤顶干活儿。当年的卡拉库姆拉力赛[1]是如此有名，以至于当我们从山上下到潮湿的山谷时，护林员谢罗夫警告我们说："前面就有一段卡拉库姆赛道。"

维索基巴尔山岗是最后一个汽车可以行进的山岗，再往前走，冰碛山丘就像泥炭藓沼泽中的绿洲了。

护林员谢罗夫的房子矗立在山丘上的越橘林里，周围是一小块被隔开的混交林，那儿有鸫鸟在唱歌，黑啄木鸟在呻吟，黑琴鸡在远处嘀咕。很久以前，曾经有一段时间，我虽然不理解，但对于春天森林中所有这些迷人的声音都感到惊奇。而现在我多么高兴地意识到，我可以听懂每一只鸟的歌声，认出所有动物的足迹，我对周围的环境有了更多的了解。这些知识不仅没有破坏森林一丝一毫的魅力，反而使其变得更加厚重和牢固，它与我自然存在的所有美好的东西融合在一起，我把这一切作为礼物收藏为永恒的财产。我拿着望远镜在远处的云杉丛中徘徊，很快就发现那里的一棵树的树顶上有一只黑琴鸡在扑腾着翅膀，从那儿传来阵阵催人入眠的声音。

"所有的鸟都在唱歌！"我欢喜地喊道，"我看到了椋鸟！"

"椋鸟在唱歌，"一个疲惫的女人回答说，"它们在唱歌，但它们不到人家里来。"

这个女人的丈夫是个酒鬼和专横的人，他去年鼓起勇气自杀了，离开了这个饱受痛苦的家庭。我小心翼翼地安慰这个女人：也许在这次不幸之后，她的情况不会变坏。和一个酒鬼生活在一起肯

1　1933年7月6日至9月30日在苏联进行的著名汽车拉力赛（莫斯科—卡拉库姆—莫斯科）。——译者注

定不容易，毕竟她家还有五口人。

“我们已经振作起来了，”女主人乐观地说道，“用了一年时间，我们就振作起来了。这样的生活也不错，可不知道为什么，椋鸟不来我们家。”

啼鸣求偶

傍晚时分，风住了。伐木工和造林专家从乌索利耶[1]回来后就去打山鸡，别佳和他们一起去了，而尼古拉和我去扎德尼耶山丘上，在黑琴鸡求偶的地方搭一个窝棚。路上不是雪就是水，我努力想记住沿途的一切特征，以便凌晨天亮时，能够找到这个窝棚。冰层的顶部正是鸟儿们求偶的好地方，以前那里有一片松林，而如今在松林火灾之后，只剩下越橘林、长有零星白桦树的荒地、速生松树林以及在速生松树林掩盖下生长的云杉，正好适合给我自己搭一个窝棚。当然，每个老猎人做事都有自己的一套，我的窝棚就是从棚顶上方打开的，这样可以小心地伸出头去观察和拍照，有时还可以打下来从这个窝棚上方飞过的鸟。

搭好窝棚后，我来到山脚下的白桦林中等山鸡出现，但很快我就发现它们不会在这地方求偶——画眉鸟和其他鸟根本不鸣叫。不远处，可能在伏努查卡河[2]的沼泽中，一群灰鹤和休息的大雁在不停地啼鸣。听到它们的啼鸣声当然好，但我必须在天黑之前离开。为了下次再来，我把小树枝丢在路边做标记。没等到达田庄，我就

---

1 俄罗斯别尔姆边疆区乌索里耶区行政中心。——译者注

2 流经俄罗斯伊万诺沃州舒亚区的河流。——译者注

把松鸡吓跑了。

我们也没有打着山鸡。不知是因为天气太冷还是时候太早，只飞过来一只。很有可能是因为天气太冷，否则桦树汁开始流淌的时候，鸟儿们就应该飞来了。

晚上我们大家一起吃饭，有造林专家、马车夫、守林人和几个女人。以前这些林业人员，特别是来自波兰的小贵族阶级，都是大人物。只有在临时狩猎的时候，主人和仆人才能够接近。后来爆发了革命，这种隔阂就被打破了。没有了预先规定好的统治地位，但是生活本身就规定了主导与服从的关系：造林专家与他的马车夫和守林人喝酒，只要造林专家一眨眼睛，马车夫和守林人就会看懂他的眼色，听从他的吩咐。我现在可以奇妙地审视遥远的童年时代的自己，就像透过显微镜一样，寻找一种现在觉得奇怪，但是那时候习惯了的感觉：我那时候觉得，如果使普通百姓失去法律和上帝的震慑，那么他们肯定不会服从任何约束，将会随心所欲地生活，将会杀死任何想要杀死的人。但是现在人们尽管离开了上帝，放弃了旧法，却有了比上帝和法律更具有约束力的事情。

我喝了一小杯酒庆祝狩猎季的开始，然后试图向林区主任表达我对法律和事务的看法。他们听了我的话后，不知是伐木工还是造林专家叹了口气回答道：

“没错，您说的事情……非常好，尤其是强迫一个人做事情的时候。”

洗礼

据说，这片苔藓沼泽长达70俄里[1]，流经此处的河流有涅尔利河、库布里亚河[2]和一些其他河流，它们都流入卡利亚津区[3]附近的伏尔加河。如果有人在这些沼泽中迷路了，他通常会等公鸡打鸣，当公鸡打鸣时，迷路的人就能通过声音知道那是谁家的公鸡。但是碰巧的是，守林人老安提佩奇家和谢罗夫家的公鸡叫声非常相似，以至于去年，一位要去谢罗夫家向娜塔莎求婚的新郎来到了安提佩奇家。而安提佩奇的孙女塔尼娅正好是娜塔莎的表姐，也该出嫁了。塔尼娅是个非常好的姑娘，她相中了这个迷路的小伙子。父母想了又想，认为娜塔莎还小，而塔尼娅该嫁人了。新郎谢廖沙感谢了公鸡，后来就娶了塔尼娅。

我们一边兴致勃勃地听着这个“沼泽地的爱情故事”，一边准备休息。故事中那个被“绕过去”而没能嫁人的娜塔莎躺下睡觉了。这个在和人说话时那么害羞腼腆的姑娘当着大伙儿的面宽衣解带，可谁都不认为这有什么可害羞的。睡前我脑海里闪过的最后一

1　俄里，俄罗斯长度单位，1俄里约等于1.067千米。——译者注
2　流经俄罗斯雅罗斯拉夫尔州和弗拉基米尔州的河流。——译者注
3　位于俄罗斯特维尔州的城市，卡利亚津区行政中心。——译者注

个念头是，尽管存在各种各样的偏见，但是这些腼腆的姑娘比那些厚颜无耻的更可爱。半夜时分我们被敲门声吵醒了，原来沼泽地故事里的其他主人公来了：老安提佩奇和他的老伴还有谢廖沙来了。我们躺在铺上，听着他们悄悄说话。我有点迷糊，好像在做梦，但又是睁着眼睛躺着。我看了看，发现有两个阅历丰富的女人在意味深长地窃窃私语。这时我的思绪从含羞腼腆的姑娘转到了埋藏在内心的念头和难以启齿的话，这些话甚至亲近人之间都得红着脸贴着耳朵才能说出来。我特别想知道这两个上了年纪的女人在秘密地说着什么重要的事情。渐渐地，我从她们的悄悄话中听出来了，原来谢廖沙的妻子塔尼娅刚刚生了孩子。

谢廖沙说："不,不行……我肯定要给女儿起名字,但让她受洗，这不可能……"

女主人回答他："喝酒和给孩子起名字，就是您作为丈夫的责任。"

后来我的妻子终于忍不住了，就穿上外套，起来和老妇人们一起窃窃私语去了。

大家都躺下休息之后，我的妻子回来了，我悄悄地问这些女人在窃窃私语什么。

她回答我说："在商量给孩子施洗礼、起教名。"

我回答："那能行吗？她丈夫不是反对这件事吗？"

"她丈夫不会知道的，你听她们说，丈夫的责任就是喝酒和给孩子起名字，好像她们要给小姑娘起名叫'娜塔莎'。"

黑琴鸡

自然界中的兽类、鸟类甚至昆虫被划分为昼行性动物和夜行性动物。难道自认为掌控大自然的人类真的可以在有限的时间内为万物找到本质上的差异吗？当然不是，所有的猎人都要早起打猎，所有的舞者都是在晚上跳舞的，他们是夜晚的生物。猎人需要森林和沼泽，舞者需要剧院和芭蕾舞。我比大家早出门，我必须点着火才能走很长一段路，但是渐渐地，我习惯了像马一样，用脚探路了。黑暗中，当树木的枝叶碰到我时，我能感受到它们，仿佛它们是故意触摸我的。所以我在一片陌生的森林里，沿着一条难以捉摸的路行走时，我只相信我自己的脚。

当我在窝棚里坐下的那一刻，伏努查卡河上的鹤群开始鸣叫，天要亮了。黑琴鸡很长时间没有发出声音，后来有一只母黑琴鸡咕咕地叫着从窝棚旁边跑过去，一只发情的公黑琴鸡开始发出真正的求偶的鸣叫声，似乎邀请大家都加入这特殊的节日中。但是突然，它不叫了，犹豫了一会儿又开始了，再次停止后就拍打着翅膀飞走了。之后，所有的黑琴鸡都停止了鸣叫，我趁着蒙蒙亮的天色从黑琴鸡求偶的地方离开了。求偶的黑琴鸡需要的是火红色黎明的早晨。它们刚一飞走，整个天空就乌云密布，开始掉雨点了。

云杉和白桦树

穿过森林返回来的途中，我注意到有两棵小树纠缠在一起，因为树木还没长出新叶子，所以远远地就能看见它们。白桦树长得很好，一棵云杉躲在它的树下可以御寒。云杉属于耐阴树木，可以在白桦树的树荫下生长，但是当它变得足够结实并且不再害怕霜冻时，它当然也想摆脱白桦树的束缚。喜光且慷慨的白桦树从来没怀疑过云杉的狡诈，无忧无虑地生长着，但当它看到云杉长到和自己一样高时，它才意识到自己处境的恐怖：喜光的白桦树在云杉的树荫下很快就会面临死亡的威胁。白桦树拼命往上长，云杉也紧随其后。风也来助白桦树一臂之力，白桦树就用它光秃秃的树枝一年又一年地拍打着云杉的树梢。被拍打得变了形的云杉先长到了白桦树一般高，然后超过了白桦树，越长越高，最后遮住了白桦树。

我想:“难道在人群中没有这样的情况吗？我以前在森林里走，怎么就没注意到生命是如此复杂呢？我想人们迟早能学会仔细观察生命，能够自由地切换思考石头、植物和动物的生命。有了这样的愿望，就会以人的视角来观察树木之间的斗争。”

我想记录下这个想法，想把树木的斗争拍下来。当我坐在圆木上开始记录时，一只松鸡悄悄地、缓慢地从我的头顶上方飞过去。

如果我的手里没有笔记本，那么我一定会把它打下来，我就有了一只松鸡。但是，我那时的想法是，与其打死这只松鸡，不如把这个想法记下来。这可能是一个富有成果的想法，因为有了这个想法，我就能完成我的森林题材创作。但这个想法一点儿也没有使我得到些许安慰，因为一旦有了这个想法，它就不会再从脑海中溜走了，需要时它就会冒出来，但是松鸡飞走了，今天的情景永远不会再有了，我知道，我错过了那只松鸡。

野兔

傍晚时分，天空放晴，周围开始上冻了，我们把“玛什卡”水箱里的水放了出来。山鸡抻长了嗓子偶尔高声鸣叫，鸟儿们几乎不叫，当松鸡在很远的地方叫了一声后，四周就立刻出奇地安静了。这种寂静只发生在初春霜冻时节，没有一丝风。周围寂静得令人难以忍受，我已经开始听到自己的心跳声，像一个小发动机一样。在我们镇上，安静的时候总是能听到强烈的心跳声，好像四冲程电机在第三冲程上发出的声音，又好像是“放弃”的声音。夜里，当你走出去，静静地站在天空下梦想着什么的时候，耳边却响起了一个声音：“放弃吧！”然后你就放弃了。

有时，当这台小发动机处于休息状态时，没有一点声音，糟糕的是，在你只要一开始集中注意力的时候，内心里的小发动机就发出“放弃吧”的呼唤。只有在村里打猎时，我才能够完全忘记这台小发动机的存在，但是，空前的寂静会突然把这种“乐趣”送到我的面前……

我站在白桦树、云杉、松树和赤杨交错在一起的地方，我看着它们，这个画面就像作家、裁缝、电影经纪人和舞者齐聚在我莫斯科的公寓里一样。松树忙着躲开白桦树，向有光的地方生长，但很快就发现自己被云杉遮住了，而云杉迟早也会把白桦树遮蔽，赤杨没有深入与它们交集，但是对它们多少有些影响。而我只能想一想，这一切都将如何在我们的“公寓”里结束，我又怎么能逃出来呢……

最重要的是，我已经适应了植物界的生活，并且不知不觉地开始把植物界的生活切换成人类的生活，任何活的动物都不会干扰到我，就像从纠缠了云杉、赤杨、松树和白桦树的“公寓”里突然跳出来一只兔子，宣布自己来到了草地上，而那些纠缠在一起的树木就成了朦朦胧胧的灰色的背景。

那是一只雪兔，有着灰白相间的毛色，趴在离我十步开外的地方，一点也没有注意到我，可能认为我就是在树旁一动不动的人。紧接着又有一只野兔跳了出来，我立即猜到这是一只雄兔，而我旁边的是一只雌兔。当雄兔朝雌兔跳过来后，在交配前它尖叫了起来。有谁听过初春野兔的叫声吗？一种我们作为猎人都觉得极特殊又难以形容的奇怪的叫声？我每年春天都听到这种叫声，可看到野兔尖叫还是第一次。

野兔们还在交配，它们将冬天长起来的白色的毛掉落在黑色的土地上，因此它们变成灰色的，又因为天色昏暗，它们就变得更黑了，一点一点直至完全消失，但是它们落在地上的白色兔毛，我很长一段时间都能认得出来。

喜光树

早上六点钟，我起床了。外面阳光灿烂，银装素裹，所有的鸟都在鸣叫，尤其是鹤和黑琴鸡叫得最起劲儿。在这个“声”气满满又无比晴朗的早晨，我独自优哉游哉漫步了许久。我招呼花尾榛鸡过来，不知道是凑巧，还是我招呼花尾榛鸡的声音太大了，一只鹰突然从灌木丛中钻出来，离我只有两步之遥。它没看见黑琴鸡，看到是我，突然慌乱地从我头顶飞过去，翅膀差点打到我的帽子。遗憾的是，我们没来得及拿着枪转身打它。

离我们的住处不远的沙地上长着茂密的速生松树林，不必靠近就能欣赏到它们的强劲、鲜艳和美丽。我特别喜欢这片从前是咖啡色，现在已经变绿了的松树林。整片树林都给人一种特殊又坚不可摧的力量，焕发着生命的喜悦。而松树下的土地一如既往是最贫瘠的，在贫瘠的土壤上，喜光的速生松树的力量是如此之大，以至于凌驾于众树之上。我开始思考，在我的生活中，我在研究一些不吸引人的东西的时候，也会像松树扎根一样深入吗？喜光的速生松树就这样走进了我的心里。

我的妻子娜塔莎在家里一边削土豆皮，一边和我聊天。

我说：“多么美好的早晨啊！我希望人们都能来这里疗养。”

娜塔莎说：“不会有人愿意来的，这里到处都是沼泽和难走的泥地，还会被蚊虫叮咬、病倒、中暑。他们如果来了，就会对我们这里的一切感到厌烦。”

娜塔莎说的是实话。我又想起了自己在森林中频繁获得的强烈幸福感：除我之外，不会有人羡慕这一切，而我认为我记录的这真实和平常的一切都是值得的，人们都赞叹和询问我，这些故事都是在哪儿发生的，请求我继续写，并请求我创作出越来越多森林题材的作品。我就这样思考着我的幸福，思考着那些不能独自掌握生活的人，思考着松树。我对娜塔莎说：

“喜光的松树是最自由、最美丽的树。”

娜塔莎回答说：“不对，松树长得弯弯曲曲，还是云杉长得笔直。”

我回答说：“云杉最初生长在白桦树或松树的树荫下，当它超过白桦树和松树时，就会把白桦树和松树杀死。”

“人不会这样，树会。”娜塔莎说，“不过，从人类的角度来看，也必须公平地看待每一棵树。云杉生长在肥沃的土壤里，并受到喜光树的保护免受霜冻。”

我不得不给娜塔莎讲一些莫罗佐夫笔下喜光的速生松树以及树木之间斗争的故事，然后我把树木的斗争情况转换成人类的斗争情况。

我说：“娜塔莎，喜光树是向着阳光生长的树，难道你没有注意到人群中有多少喜欢阴天的人被阳光自由的人吸引吗？这就是我喜欢松树的原因！它不需要任何庇护，可以在那些其他植物生长不了的地方生长。娜塔莎，你怎么就不明白呢？”

娜塔莎回答说：“我明白，我明白。是的，我们在谈论松树有多么美丽。在我看来，松树枝叶四散，站在那里谁也不像，而云杉亭亭玉立，像一位城市小姐。”

我说：“娜塔莎，你能当个出纳员，应当上个会计班。”

“我们这样的人要是能当会计就好啦！”她叹了口气，露出一副仿佛世界上没有比当上会计更大的满足了的样子。

风

轻风乍起，起初让人感觉这不是风，而是远处的火车在轰鸣。但是很快人们就会明白，这是非常强劲的冷风。森林里所有被风吹到的动物都开始呻吟、低语、哭泣起来；鸟儿们安静了，野兽们都钻进了洞穴和窝里。

这场森林里的风暴有如海上的波涛，汹涌澎湃！风暴轰鸣，夹杂着森林里万物的声音。这声音就好像黑琴鸡在咕咕叫，可这时候怎么会有黑琴鸡呢？像是猎人的号角声响起，仿佛有人在低声地呼唤你，一个妖艳的女人和其他什么人飞过，说了一句神秘的话，还好像某个地方有一只困兽在哽咽，又像是一个孩子在可怜地哭泣，就像普希金的小说《暴风雪》中的场景那样。我仔细倾听这个被遗弃的孩子的哭泣声，我相信真的有一个孩子在那儿哭。我朝着他所在的方向走去，想要帮助他，哭泣声没有消失，每走一步我的信念就变得更加强烈：没错，就是孩子和母亲走散了，在森林里哭喊呢！

有四棵高耸的松树矗立在那里，云杉在松树的庇护下和松树一起生长，变得越来越结实，它被扮演着母亲角色的松树遮蔽在树荫下爱护着，而云杉则试图追赶上“母亲”见到光明。但是这片土地只对松树有益，对难伺候的云杉没有多少养分可言。云杉需要像松树一样，更深入地扎根地下，但云杉的树根不能深入地下，因此一阵强风就能使云杉干枯和倒塌。云杉倒下时，把一棵松树压弯了，所以只剩下了三棵美丽的松树，还在高耸挺立着生根发芽，第四棵松树已经在云杉的压力下弯曲成弧形。许多年过去了，第四棵松树已经失去了变直的希望，在被压弯的、有着很多隆起的枝干上冒出一轮又一轮的新芽。只有强风才能把一棵美丽的树从死亡中解脱出来，因此，当风暴来临时，这棵老树由于被风吹打而呻吟哭泣，而风透过树木的撞击声，带来了像失去母亲的孩子的哭泣声。

森林中的雪少了很多，林中小路上的野兽尸体几乎完全腐烂了。干爽的风带来了丝丝的暖意，美好的春天就这样开始了。我们连续几天都喝了用桦树汁制成的茶：每天都从白桦树的割口处滴一桶桦树汁。的确，茶水闻起来有白桦树的味道，还不错，无论如何它也比带有水草味的沼泽水更好喝。

强冷风再次袭来。如果今年春天我们不能掌握变化无常的气候，那么大家肯定会抱怨“天气不好”。但是我们尝试主动应对它，把握住春天的气候，现在我们基本上一切都很顺利，收获还不小。恶劣的天气里，我们就兴致勃勃地坐下来阅读有关森林的书籍，有了好天气，我们就去狩猎，这样就有了许多美好的日子。这就是为什么与富裕的南方相比，极北地区的人们对自己所处的自然环境通常更满意：自然环境适合什么就做什么，无须过分在意那些恶劣天气，如果有了好天气到来，那么这就是意外的收获，就是最振奋人心的。

打松鸡

一个年轻人来打猎。我问他是干什么的，他的回答含糊不清。我再问他："最近在干什么？"他回答说，他现在是地铁"共青团员"站保修组的队长。当晚，他在涅尔利河岸上过夜。我问："空着手回去吗？"他笑着说："我可以空手回去。"他打了两只公鸭，还打伤了一只黑琴鸡。他不想和我交流任何狩猎的经验，只是很有礼貌地微笑着回答我的提问，就好像心里什么都没想一样。

我和别佳去找我们在后山坡上搭的打松鸡的窝棚。天亮之前，一轮圆月落下去了。我们聆听了沼泽地里所有鸟儿表演的清晨音乐会，只有杓鹬没参加这场音乐会。

蜜蜂被放出去采蜜，它们飞到早春的柳树上，有能干的蜜蜂已经采蜜回来了。今天早晨，那位队长打着了一只松鸡。我开始喜欢他的彬彬有礼、沉默寡言，以及他独特的狩猎方式——不用做任何准备，打猎全凭运气。他把松鸡清理干净，用树叶把鸡肚子塞满，自己干了所有活儿。我记得自己年轻的时候，也是除了一把枪，其他什么都不带，就走遍了整个北方，想象着自己跟着神奇的"毛线团儿"就能找到一切。年轻时就该这样，尽可能从广阔的世界中积累经验，然后它们就会成为你的财富，即使你身处这片绿色的荒地中，内心也会感到满足。就好比现在的晌午时分，漫步在长着小松树的土地上，阳光照射在身上，这是多么令人陶醉啊！在这儿，您可以看到在阳光的照耀下咖啡色的荒地逐渐变成了绿色的。我现在对咖啡色的荒地怎么变成绿色的并不怎么感兴趣。但有一段时间，我感受不到生命的美丽，就去寻找花朵，花朵将我引向一位植物学家——塞米昂·伊万诺维奇教授[1]，他向我抱怨他的工作越来越像手工活儿了。

我饶有兴趣地问他："为什么研究植物学要干这么多手工活儿？"

"是啊，您问为什么，那我们就想想为什么，例如您要准备在显微镜下观察的标本。"

"如果不问为什么呢？"

"那您就不需要植物学，只需要在草地和森林中漫步，环顾四周的景象，开心快乐就可以了。"

不幸的塞米昂·伊万诺维奇教授没有像我一样活到现在这样幸福的时刻，即知识能够帮助人们，而不是妨碍人们欣赏花朵的时刻。

在拍摄树桩和树枝时，我在采伐基地附近徘徊，走近那棵滴着桦树汁的白桦树，喝了一点桦树汁，然后我在白桦树下发现了我们的"铁人"队长。他躺在什么都没铺垫的地面上，只盖着一件夹克就睡着了。我再次为他感到高兴，荒地上的一抹绿色将我的青春

1 俄罗斯旅行家、航海家、探险家，毛皮商人。——译者注

与这个年轻人联系在一起，在完成最艰苦的地下修建工作之后，他沐浴着春天的阳光，躺在没有铺盖的大地上，做着用各种方法打松鸡的美梦。这个年轻人找到了他自己的幸福。

每天夜里，我们都要观察天气，以确定第二天是否能够去松鸡求偶地，因为打松鸡要求有平静的天气。今天我们出来了，我们都喜欢这个天气，别佳和尼古拉甚至因为听到的声音而争论起来。别佳说那是狐狸的叫声，尼古拉说那是猫头鹰的声音。我可能因为耳朵的问题什么也没听到，我一度怀疑我的听力是不是有什么毛病。有一次，猎人把我带到松鸡求偶场之后，我看到了松鸡，却听不到它们的叫声。我没和猎人说过这件事，但已经开始怀疑自己在听力方面有问题——听力正常的人在某些特殊音调上也有可能听不见。从那时起，我就不去打松鸡了，当旁边有人在谈论这个话题时，我要么保持沉默，要么随声附和。与此同时，打松鸡对我们来说就如同“爱”对于诗人一样重要。因此，打松鸡的失败给我带来的阴影就像我得了病一样，成为心底的“秘密”。每个人都有自己的秘密，有些把孩子教养得很好的家庭妇女也有自己的秘密，那就是她的子女不是父母爱情的结果。有些满头白发的男人，有着很高的声望，却和年轻的姑娘们没有任何结果，只能和寡妇在一起。这是他对别人难以启齿却又难以保守的秘密：自己一无所有，样子蠢笨，没有任何人需要我，想起这件事就难过，所有人都得到了眷顾，幸福唯独绕过了我。众所周知，作为一个猎人，我也有一个没有对任何人说过的秘密：我带着狗打死过熊和狼，也捕获过各种鸟类和禽类，但是在松鸡求偶场我从来没有打着一只松鸡，也从来没有听过“松鸡之歌”[1]。

今天中午我拍照片的时候，发现在一个非常茂盛的杜松灌木丛里藏了一棵云杉，灌木丛遮住了云杉，为它抵御严寒和炎热的太阳。但是现在到了云杉该独立的时候，杜松展开像幼芽一样的树枝，给云杉让路。我拍摄到了这个画面。尼古拉走过来，开始给年轻的林业家讲树木为了阳光和土壤而斗争的故事，还讲了优势木和劣势木的斗争，以及树木的“阶级”斗争。以前从来没有人告诉过林业家这些事情。这个小伙子非常聪明，马上就领会了关于林业的常识，并立刻感到自己有了新的力量。他对我说，以后他在森林中漫步时，会以不同的眼光来看待森林。看来，及时给人提出正确的建议是一件大好事。人们通常把一切责任都推到书本上，以书本知识没有用处为借口。其实完全可以简明扼要地说出书本知识的主要目的，即只要指明往哪看就行……

尼古拉问我：“世界上所有的事情您都知道吗？”

我回答：“怎么可能呢，亲爱的？所有都知道是不可能的事，即使在狩猎中我也不可能无所不知。你知道，我都不能算是一个真正的猎人，到现在我从来没有在松鸡求偶场打着一只松鸡。”

尼古拉甚至惊讶得喊起来，我立即与他达成了“协议”：他将在清晨打猎的时候悄悄地教会我打松鸡。

1　松鸡发情求偶时发出的声音。——译者注

从谢罗夫所在的农场到安提佩奇的守卫室之间的整个区域被称为科赛耶沙丘群。每座沙丘都处于泥炭沼泽中，从一座座沙丘上越过去，可以清楚地数出来它们的数量。我们农场前面的第一座沙丘成为黑琴鸡非常喜欢出没的场所：这里有相当稀有的30年树龄的白桦树，还有一些灌木丛、一片山杨林和一块割草场。第二座沙丘有些潮湿，长到一定年龄的树根已经有些腐烂。那里也有一片干净的白桦林，当然，每棵白桦树都被云杉压弯了。白桦树以前可能与云杉进行过激烈的战斗，试图战胜它们，并且很有可能已经超过云杉，又生存了很长时间，但土壤中的养分不足以帮助它们最终取胜，于是它们的树根开始腐烂，白桦树就死亡了。我们正好遇上白桦树被打败后倒在我们眼前的情景。胜利者云杉也显得苍白瘦弱，树下的土壤表层根本没有遮盖什么东西，黑泥里混杂着腐烂的白桦树树干。第三座沙丘地势较高，地面比较干燥，我们在干净的云杉林中散过步。第四座沙丘上有一片极好的黑果越橘－松树林，那里很少长白桦树，显然，松树不喜欢白桦树。喜光的白桦树对于松树喜不喜欢自己不感兴趣，它得赶上松树，它也能赶上松树，也像松树一样光秃秃地立在那里，而松树顶端的树冠连着树冠，遮天蔽日，白桦树立在松树旁边就像客人在杰米扬家喝鱼汤一样——无论你愿不愿意，我都要站在你的旁边。

我们将在这座沙丘上打松鸡。安提佩奇的守卫室离这里不远，我们要在守卫室过夜。现在安提佩奇就在那儿，旁边有一个挂着小木板的柱子，守林人谢廖沙在木板上清清楚楚地写道：

“俄罗斯苏维埃联邦社会主义共和国所有森林均严禁吸烟和燃篝火。同志们，要爱护森林！”

一整天都要下雨，到了傍晚乌云终于散了，迎来了期待已久的平静时刻。这是打松鸡的好时候。安提佩奇身材矮小，尖削脸，长着一张像松鸡一样的嘴，他坐在土台上，观赏着一只小猫。这只小猫趴下又跳起，似乎按照老虎的习性，想要捉住两只鹡鸰。显然，那两只开朗活泼、尾巴细长，脖子下系有黑色“领带”的小鸟却嘲弄了这只小猫：当小猫停住，屏住呼吸，准备跳跃时，其中一只小鸟突然转身直接向小猫飞过去。

安提佩奇赞叹道：“小鸟真勇敢啊！”

这只猫被小鸟的大胆搞糊涂了，当小鸟靠近它时，它像傻瓜一样趴在那儿，然后慌乱地站了起来。小鸟叽叽喳喳地飞到另一只旁边，两只小鸟一起晃动着身体，用自己的方式嘲弄着那只小猫。

我们在土台上坐了一个半小时，和鸟儿们一起嘲弄小猫，听安提佩奇讲故事，直到深夜。最难以置信的是，他爬上屋顶修理木瓦的时候，发现有一只麋鹿在干草垛附近。“快把枪给我！”安提佩奇对他的妻子大声喊道。她隔着炉子递给丈夫一把枪，安提佩奇就把麋鹿打死了。

别佳模仿鹡鸰发出非常像鸟的尖叫声，安提佩奇趁机讲了一个故事。

“一天，一个年轻人来到守卫室，他非常擅长召唤鸟兽。他一召唤，野兔就像小绵羊一样，从森林里来到他身边，松鸡也朝他飞过来。有一次，我和他一起去找鸭子，眼看着一只公鸭从眼前飞过去，他先让一只公鸭飞了一俄里远，然后，他突然学了一声鸭叫，那只鸭子就又飞回来了。公鸭回来找母鸭，没找着想飞走，突然又听见母鸭叫。结果这只公鸭就一直在我们身边徘徊不想飞走，似乎在祈求：'打死我吧，打死我吧！'"

八十岁的老头安提佩奇讲了一个又一个压箱底的故事，但他讲的关于雪的那个故事是最好听的。

"有人说，这个冬天几乎没有下过雪，可是十年前，下的雪厚得跟窗户一样高。"安提佩奇感叹道，"那雪下得呀！都跟窗户一般高了，真是奇观！我记得有一年冬天下雪了，我们去森林里锯木柴，到了林子里，我们把马绑在了一棵枯树上，给它喂了些干草。当我们干完活回到那棵枯树旁边，发现马居然不见了！我仔细看了看，好像从树下的雪里冒出一股薄薄的轻雾。我们的备用品中有一把铁锹，结果就从雪里刨出来……那时候的雪下得……原来是我们锯木柴时，雪把马埋上了。当我们把它刨出来时，它正站在原地吃草呢！"

于是我们一边听着故事一边走进小屋，吃了晚饭，躺下睡觉了。突然，我们被某种吓人的声音吵醒……

安提佩奇坐在他的床上，手上提着一盏灯絮叨着："太可怕了，太可怕了！哦！太可怕了！"

"安提佩奇，你怎么了，怎么回事呀？"

安提佩奇说："怎么回事呀，怎么回事呀？太可怕了！就是这么回事！”

“你说清楚点儿，是不是做梦了？”

“是做梦了，是做梦。”

“你梦到了什么？”

“海豹。”

“不可能！”谢廖沙惊叹道。

“我说的是实话，真梦到了海豹。”

别佳问：“海豹有什么了不起，梦到海豹有什么可怕的？”

安提佩奇回答说：“我们的森林里可没有这种动物。海豹呢，它们应该在海里。”

该起床了，大家都动弹起来，用脚布把双脚包起来，再套上靴子。或许是安提佩奇故意编造了海豹的梦来鼓励我们，免得大伙灰心丧气。

出门的时候，我们提到了一个有趣的话题——在森林中离多远可以听到松鸡“唱歌”。我仍然像很久以前一样，非常害怕这一次还是听不见松鸡“唱歌”。有人说离一百步就可以听得很清楚，还有人打包票说离一百五十步，甚至两百步都能听得清清楚楚的。大伙问安提佩奇离多远能听清楚。

安提佩奇说：“有时候，松鸡就在你头顶上‘唱歌’，但你不明白它在唱什么。我认为这不是听力问题，而是理解问题。有一次，我没带枪就去森林里听松鸡‘唱歌’。一般天气暖和的时候，松鸡很早就开始‘唱歌’了，那一天天已经黑了，我怎么都看不清松树上的松鸡，就伴着‘歌声’围着一棵树不停地转，可依然不明白它唱什么。直到跑累了，靴子跑坏了，鞋底都跑飞了，我倚着树桩坐在那里绑鞋底，把枪管贴近了松树和耳朵……”

“什么枪管，你不是说你去森林里没带枪吗？”

安提佩奇一点儿也不难为情地回答道：“怎么能不带枪？守林员没枪怎么去守林子呢？”

“刚才是你自己说的，没带枪就去森林里了。”

“我的意思是我的枪没装子弹，我不能朝松鸡开枪——如果枪没装子弹，那还算什么枪了？所以这就是为什么我说我没带枪。当你不知道松鸡在哪棵树上‘唱歌’的时候，最好把枪托贴到树上，枪管贴到自己的耳朵上，然后你很快就能知道了。我刚把枪管贴到耳朵上时，一只松鸡不知从哪儿飞到了白色的苔藓上，另一只黑色松鸡也飞到了苔藓上，它们开始互相殴打，啪啪的，就好像女人们在池塘里捶打着洗衣服似的。我坐在一个树桩上，看着它们说：‘好吧，继续打吧！’”

等到安提佩奇讲完松鸡在白色苔藓上打架的故事，我们就结束了谈话，然后在他的带领下，我们一个跟一个地走上了一条陌生的小路，不时地就能听到树枝刮皮靴的声音。尼古拉不止一次来这里打猎了，很快我和尼古拉与其他人分开了，我们上了另一条小路，来到了克拉达[1]地界。

1　位于阿迪格共和国诺沃斯沃博德纳亚村附近。——译者注

“真黑呀！”我小声说道。

他回答：“那就意味着天快亮了！”

我以前不止一次听猎人们说过，在天亮来临之前总是特别黑暗，所以最黑暗的时候不是午夜。在我人生中的艰难时刻，我不止一次地重复这句话并鼓励自己：天亮之前总是最黑暗的。确实，每次我都等来了天亮……

我们在林间小路旁坐了下来。尼古拉一条腿搭在另一条腿上，我坐在冰冷的树桩上，上面放了皮包。我们坐了大约十五分钟，天似乎开始变亮了，但是没有听到松鸡的叫声。我们不紧不慢地沿着这条林间小路又静静地走了一百步。

尼古拉小声说：“听，有松鸡叫！”

我没听见。我把手掌放在耳廓上，听到了很多其他的声音，树叶上的水滴不断滑落下来，却没有听到松鸡的叫声。我们往前走了几步，尽量避免踩到雪上，我又把手放在耳廓上，又听到了很多昨天下的雨滴从一条树枝落到另一条树枝上的声音。

尼古拉十分肯定，但小声地说；“松鸡叫了，您没听到吗？”

我那时候有一种奇怪的感觉，好像尼古拉在用他的指甲敲打猎枪的枪托，这种感觉太突然、太奇怪了，我甚至往他那儿瞥了一眼，发现他什么都没敲，他的手就悬在那里一动不动。安静下来之后，我感觉灌木丛附近有人开始磨刀：唰——唰——唰！

尼古拉问：“听到了？”

这时，我才终于明白了，根本没有人用指甲敲枪托，也没有人磨刀，这个声音就是松鸡发出来的，这就是松鸡在“唱歌”！“骗子”安提佩奇是正确的，这些声音不是听到的，而是体会到的，我突然理解了这一切，并且自信地回答尼古拉：

“我听到了！”

那一刻，我的病治好了，我相信自己永远解开了这个谜。虽然我听清楚了松鸡的叫声，但为了以防万一，我还是和尼古拉牵着手在“歌曲”的伴奏下，即从松鸡开始“磨刀”的时候开始跳舞。跳了两三下，正好在“磨刀”声转入“滴水”声的时候停下来，怕松鸡听到我们的声音。

渐渐地，松鸡这种像滴水一样“滴答滴答”的声音似乎把我带到了远古时代。在原始森林里，原始人用燧石斧头砍树，这种声音经过千万年一直传到我们现代。当我明白和思考这件事时，我就与那个时代完全联系到一起，我清晰地感觉到有人在很近的地方砍树。我再也不需要尼古拉的手了，我什么都明白了。突然，我发现在一棵小松树的顶端有一只松鸡。不知为什么，它站在松树上看起来像只鸫鸟，我对这样的美景早已熟悉了，我想判断它哪儿是尾巴、哪儿是胸膛、哪儿是脖子的位置等。我举起枪，把枪架在身后的树上，寻找空中的瞄准点，尽管在光线好的情况下我一般也找不到。我只能在光线好时将枪杆调平，将猎枪置于松鸡下方。然后，我放下猎枪，在目标清晰之前一直欣赏这首神秘的“歌曲”。但是突然，松鸡不“唱歌”了。要是它突然改变想法逃走了怎么办？以防万一，我把枪放回了原来的位置，这样的话，只要它一动，我就开枪。也许松鸡很快就要“唱歌”了，但我已经没有了耐心，于是扣动了扳机……

人们常常提到“喜悦”一词，而不同的人理解的“喜悦”的含义是不同的。今天早上我的喜悦就好像秤杆在不停地摆动一样，它的每次摆动都使我的内心感到痛苦，当它停止了摆动，秤盘上的指针也就完全停止了晃动。

我还想到一件事。如果三十年前我就获得了打松鸡的乐趣，那么我会一年又一年地打下去……后来的事情就不会发生，可三十年前我正高高兴兴地打乌鸦呢！我由于听不见松鸡的叫声而藏在心中的“秘密”会年复一年地积累起巨大的渴望。而在这些沼泽中，阳光被收藏起来，泥炭历经千万年不断沉积，慢慢干涸……直到有一天突然着起火来……

我说:“尼古拉,非常感谢你,去找你的松鸡吧,我也继续……”

当我在松鸡求偶场成功打到第一只松鸡时，天还没亮。当天刚要亮起来的时候，我听到黑琴鸡开始咕咕叫，雪鸟开始咯咯叫。我顺着小路登上的小山丘上覆盖着一片松树林，就像泥炭沼泽中的一个小岛，沼泽地里发出各种各样的声音，传到松林里就像是巨大的共鸣器发出的声音。沼泽地里传出了如此丰富的声音，就像为音乐会精心选配的一样，提醒无宗教信仰的人这里很久以来生活着魔鬼和女巫。但是这种狂热的“歌声”伴随着黑暗一点一点地消失，只剩下黑琴鸡平静的咕咕声，整个小山丘都被这些声音包围着。松树像燃烧过的蜡烛一样，它的树冠部分在明亮的天空下给人一种黑压压的感觉。松树沉默着，却意味深长地参与着今天清晨的活动。

令人奇怪的是，沼泽中所有的鸟，哪怕是一只长着波浪状羽毛的小田鹬都能发出如此响亮的声音，而身形庞大的松鸡叫的声音比最小的鸟叫声还要小。能够吸引松鸡猎人的迷人之处就在于聆听一场精彩的音乐会，不仅要听，还要理解和领悟。

黎明的曙光在天边熊熊燃起，人身处其中也深受感染，成千上万种声音混在一起，似乎一切都沿着一条宽阔的道路涌向前方，而你也应该向着那个方向行进。但是不知为什么，你不走那一条充满“歌声”的大路，却偏偏走上那一条安静的小路。

我停下来，将手掌贴在耳朵上。我听见了，也可能只是一种感觉，我无法确定声音来自哪个方向。我悄悄地向前走了十步，听到了一个具有暗示性的声音：松鸡就在远处的黑暗当中，我朝那个方向走去。突然，一只母松鸡喳喳叫的声音响彻了整个松林，我继续往前走，我看不见它，它隐蔽地从一棵树的树冠飞到另一棵树的树冠上，又似乎是在追踪我。而此时旁边出现另一只松鸡，又一只……一阵翅膀拍打树枝的喧闹声之后，不远处落下来一只公松鸡，它大概听到了我的声音，喳喳叫了几声又停下了。我没有管它，也许这就是为什么这次狩猎与打黑琴鸡有所不同：那时候无所谓什么样的黑琴鸡，只要能打着就行，而这里需要听声音，你打的是唯一被选中的。而且，听的时间越长，我就越能确定我要打哪一只。当它停下歌唱时，我的一只脚站在齐膝的冰水里，我用手紧紧抱住松树以保持平衡，另一只脚悬在水面的空中。

黑琴鸡那响亮无比的叫声已经很久没有出现在我的记忆中了，当然，尽管现在也有黑琴鸡在身旁咕咕叫，可这丝毫不能引起我的注意。不仅如此！当我清楚地听到发情的松鸡鸣叫时，我也完全不在意了。我只需要唯一属于我的那一只，对我来说，它不再是松鸡，而是像安提佩奇一样独立的个体。它此刻在黑暗中做什么呢？传来了沉闷的拍打声——它和母松鸡在一起吗？难道是……在和敌人战斗吗？然后拍打声又响起来，又停了，这时松鸡开始“唱歌”。它似乎就在前面不远的地方。在两棵白桦树之间，有个大黑影慢悠悠地走着，那不是蓬起羽毛的松鸡——“安提佩奇”行走在桦树林中吗？突然，在我头顶上方出现了一只松鸡，它张开的翅膀好像有树冠那么大，它把周围都吵响了，又平静了下来。它落在那儿了。我可以清楚地看到它，打死它很容易，但任何一只松鸡都不可以代替我的“安提佩奇”。我必须等它“唱歌”，等它“唱歌”了我就能用“大炮”打它。当“咔嚓咔嚓”的声音响起时，我没有跳起来，而是向它开了一枪，看见它从树上方斜着落到山丘边缘的苔藓上，然后开始挥动翅膀。因为巨大的枪响，有几只松鸡从树上飞走了，还有十几只也受到枪响的惊吓，它们都在原地惊恐地喳喳叫。但是“安提佩奇”好像根本没有听到枪声，现在它正在白桦树间“唱歌”和散步。它全身的羽毛蓬起来，展开的尾巴像扇面一样。突然，它飞起来落在树腰上，自在地一边在树枝上走一边“唱歌”。我跳了起来，躲在树后听它“唱歌”，它就在我的眼前。我悄悄地探出头，“安提佩奇”也从树丛中探出头来，它的头看上去是火红色的，脖子上的每根羽毛都在支棱着、颤动着，好像这些不是羽毛，而是手指。我看着不远处那个开着一朵“火红色花朵”的脑袋和脖子上颤动的羽毛，觉得是松针挡住了我看清楚这只松鸡的整个身体，就举起枪朝松针开了枪。 但是“安提佩奇”不是从树枝中，而是从大松树的树干中伸出了头，所以我射出去的密集的子弹只有一颗射中了松树，却丝毫没有惊动“安提佩奇”。

真相

当我像往常一样，把两只松鸡捆好搭在肩膀上，踏上林间小路的时候，发现路上站着一个人，我立刻认出这个人是安提佩奇。我背着两只松鸡扬扬得意地朝他走过去，他很自然地向我表示了祝贺，但并没有我想象中的那么热情。原来他是想告诉我一些事情。现在他想要沿着这条路去找那座熟悉的大蚁丘，看看今年春天蚂蚁们如何工作，或者瞧瞧它们的工作是否已经开始。从远处看，好像在蚂蚁窝旁边有一只小牛犊，小牛犊的头也埋在蚁丘里。走近一看，原来这是一只小熊。安提佩奇走上前去，好像拍了一下小熊的腿……

安提佩奇说："听说人见着熊就吓得屁滚尿流，我想验证一下。我就用手拍了拍它的腿。您猜怎么了？它就像陷进地里了一样，从头到脚溅满了蚁丘上的土，只有我能看见它。"

我不太喜欢他讲的故事，内容不真实并且很粗俗。我面无表情地说：

"呃，安提佩奇老头，我能听你说实话吗？"

我话音刚落，安提佩奇就变了脸色，他伸长了脖子，把头探向我。我第一次惊讶地发现，他也许由于长期生活在森林里，样子看起来有点儿像松鸡。

“你想听真话？”安提佩奇把他的嘴贴近我的耳朵说，“不行！”他又突然闪开，说道：“不行！我已经快八十一岁了，要死了。别着急，到时候我再告诉你‘我要死了’是什么意思。现在，你过来，俯下身，把耳朵贴过来，闭上眼睛，我悄悄跟你说实话。”

度假者

松鸡不再鸣叫，布谷鸟飞来了，春天到了，人们来到了他们的疗养胜地——大自然中。天气暖和了，很多度假的人都一拥而出到森林中去，我和别佳往“玛什卡”上面浇水，给挂钩上油，拧紧制动销，清理汽油过滤器的残渣，然后我们沿着尘土飞扬的小路行进，穿过正在消亡的贝林杰耶夫密林。密林右侧的佩列斯拉夫尔陡坡已经被完全摧毁。而另一侧，被割了皮的松树泛着红色，也正面临死亡。

在这里，我们遇到了一位老朋友，他在最偏远的村庄当了二十多年的中学老师。他就是当地有名的爱国者安东·伊万诺维奇。他看到我们后又惊又喜，迫不及待地热烈拥抱我们。有一些人从我们身旁路过，好像是来度假的，也有一些似乎是我们的反对者。他们回头看时认出了我，有的向我高兴地点点头。他们似乎对这里的事情都很了解，只有我，对松鸡出没的地方一无所知。安东·伊万诺维奇甚至向我展示了在松树上为我雕刻的我名字的首字母，在这下面则非常巧妙地刻着一行小字“佩列斯拉夫尔陡坡”，这是我寄给《消息报》的一篇文章的标题，这件事被我在打松鸡的时候完全忘记啦！我在这篇文章中写了事情的前因后果。文中的

"呻吟声"像子弹一样击中了伊万诺沃州的心脏。从莫斯科委员会，到州委员会，再到地区委员会都想方设法地追查肇事者，他们分成两条战线，一条开始寻找破坏佩列斯拉夫尔陡坡的肇事者，另一条追查下令切割防护林的肇事者。每个经历过这种处境的人都知道寻找肇事者是多么困难的一件事。然而，一些聪明人事先知道可能很难找到罪魁祸首，因此通过了一项决议，将从普列谢耶沃湖到乌索列的整个贝林杰耶夫密林列为不可动用的储备林，并将其作为佩列斯拉夫尔工人的度假区受到保护，不得砍伐。

这些在松树林里走走停停的人，有的在放假的时候聚在一起，有的则直接在别墅旁边护林员的小木屋里安顿下来。他们是真正的度假者，甚至有一个年轻女人只穿着一条短裤，并且毫不避讳地让孩子吮吸着母乳。这些度假的人多幸福啊！这是我有生以来第一次为普通的度假者感到高兴，他们是多么亲近的人。这非常简单，也易于理解：毕竟，是我为他们拯救了贝林杰耶夫密林，所有这一切——森林和度假者——都成为我个人生活的一部分。我第一次了解了这里的度假者，此外，我也想暂时放下我的计划，简简单单得像所有度假的人一样，和他们一起在贝林杰耶夫密林里住两天。

我高兴地与爱国者安东·伊万诺维奇握了手，并微笑着向穿短裤的女人鞠了躬，然后挂挡、踩油门。车刚启动起来，突然从后面传来大喊声："等等，我还有话说！"

原来，安东·伊万诺维奇忘了说我的另一项成就：在佩列斯拉夫尔有一座古老而著名的大教堂——珍贵的12世纪的建筑，属于历史古迹，原本打算把放在地窖里一冬天而发酸的土豆运到教堂里，但读完我的《佩列斯拉夫尔陡坡》以后，决定清空教堂里的土豆。

质检员

虽然已是五月九日，但仍旧风寒雪纷飞。在莫斯科的一天晚上，我们在普希金广场叫了辆出租车。两位在我们后面排队等车的女士恳求我们捎她们去车站。我们携带的东西不多，就同意了。一路上，这两位女士一直抱怨春天的天气。

“春天也有好时候，”我说道，“即使是最恶劣的春天，也会因为这些好的时候而呈现出其美好。”

“说得太对了！”其中一位女士感叹道，“您是艺术家还是诗人呀？您到底是做什么工作的呢？”

我回答道：“质量检查员。”

“这是什么职业呢？”

“我们检查物品，”我答道，“所有的东西都有好有坏。东西是人做出来的，我们通过检查东西来评定人的工作。所有评判都取决于我们亲眼所见。”

“没错，”这位女士说道，“在我们的重工业人民委员部里经常听到‘一切都取决于亲眼所见’。”

这位来自苏联重工业人民委员部的女士看着我们带的枪、双筒望远镜和照相机等物品问道：

“那么，您去勘察的时候，会坐飞机吗？”

我回答道：“我们要沿着流放木材的河流去很远的北方。大多数情况下，我们不得不在运送圆木的木筏上划行。”

“这太神奇了！”两位女士都惊呼道。

下车后，我不禁思索起在苏联重工业人民委员部工作的女士们兴奋的原因：她们在一个充满神奇创造力的现代化机构中工作，却对我们那非常无聊、令人乏味的，在寒冷的春天乘坐木筏进行时速为每小时 2 ~ 3 公里的艰辛旅程赞叹不已。我想这也许是参与现代化的工作需要付出不少努力的缘故。一想到飞机，就涉及一票难求、昂贵的机票，面临各种风险的困难。她们觉得乘坐木筏顺流航行似乎毫不费力。在这种对现实的厌倦中，大多数人的内心大概都隐藏着所谓的“对大自然的爱”和对往事的怀恋。

儿童故事

我们沿着沃洛格达河[1]向苏霍纳河[2]航行，像猎人一样欣赏着沿途美妙的景色。也许这里曾经有过一片茂密的森林，后来被砍伐了。阳光直射着土壤，地上长满了苔藓（泥炭藓），之后又长出了黑桤木，取代了苔藓。在这种气候下，黑桤木可以活到一百年。当树木长成建筑木材时，就被用来制造用于包装盒的胶合板。在黑桤木中还夹杂生长着很多稠李树，这种树非常适合用来制造维也纳式家具。不同种类的鸭子穿过这些难以逾越的沼泽，在不计其数的湖泊上筑巢。在春天湿草地的边缘，有猛烈的中沙锥暗流，到了秋天，堆积的沙土就形成岩石显露出来。捕鸭人则乘坐非常轻便的皮艇从沃洛格达过来。他们简单且巧妙地搭建了临时睡觉的窝棚：把杆子搭在架子上，然后铺上一层干草。

沃洛格达河和勒扎河[3]在彼此相距不远的地方分别汇入苏霍纳河，以至于可以同时看到这三条河流。我们在这里的一次猎鸭活动中遇见了沃洛格达州两位最杰出的猎捕松鸡的猎人。其中一位猎人

---

1 苏霍纳河右岸支流。——译者注

2 流经俄罗斯沃洛格达州的河流。——译者注

3 白海流域的河流，苏霍纳河的支流。——译者注

在沃洛格达州的火车站当伙夫，虽然他还是个年轻人，但几乎完全失聪。另一位猎人似乎是在某次生产劳作中受了伤。他已经退休了，几乎双眼失明，什么也看不见，但是他的听力异常出色。相比之下，聋哑伙夫的视力更佳。他俩一起捕猎松鸡，因为这需要极佳的听力和视力；有时，猎人不得不在黑暗中射杀猎物。他们取长补短，融为一体，这在沃洛格达州是空前的。据说，他们去年春天在松鸡求偶场捕获了 60 只松鸡。我很高兴在本书中写下这篇短文，作为刊登在《集体农庄的孩子们》报纸上的儿童故事，因为我很难想到一个更好的例子来说明集体合作的好处。

绝妙的腿

初春时节，苏霍纳河的夜晚很冷。从无数条散放流送木头的河口，狗鱼拽着拖船迎面而来，准备逆流而上到达当地的工厂（当逆流而上运送木材时，木筏要依靠狗鱼连接成排）。狗鱼一条接着一条向库巴湖方向游去。终于，在一个非常寒冷的晚上，我们从船上看到了前方的亮光。我们很快赶上了木筏，不是逆流而上，而是沿着北德维纳河[1]顺流而下。后来的结果是，圆木去了阿尔汉格尔斯克，狗鱼却没再遇上。

我仔细地观察着引领筏子的船，焦虑不安地思索着，在遥远的北方河流上，工人们不止一次不得不在无数个寒冷的夜晚在筏子上过夜。如果没有亲身经历，你就无法理解这个神秘的圆木。即使是在小火堆旁边，也感觉十分寒冷！冷得只能紧紧挤在一起，只有到了早晨才好起来。当太阳终于升起时，人们离开火堆，紧握巨大的方向盘开始干活，只有在阳光下他们才能觉得温暖。

以前只要看到绿色的树木，人们就会将其视为森林。但是现在，当我读了许多有关单一木种林的书籍，并开始幻想一些从未被砍伐

1 北德维纳河，流经俄罗斯阿尔汉格尔斯克州的河流。——译者注

过的北方原始森林时，我就觉得苏霍纳河沿岸的这片森林是过去这里的某一片森林的残迹。一路上，我们看到的都是高耸的河岸，河岸上有茂密的森林、集材场或者破旧的木材流放集散地。简直太枯燥了！袖口边缘露着毛线头的水上老大出于无聊，便跟他的赌徒们发起了一场赌博游戏，他们长时间占着所有椅子。晚饭端上来后都要凉了，但是我们无处可坐，只能靠着墙边站着。我开始大声地、再三地要求他们把椅子给我们，我像观察显微镜下的昆虫一样，仔细观察了这位水上老大，觉得他不是个坏人，只不过是瞎胡闹罢了。

“你看我干什么？”水上老大脱口而出。

“我在欣赏你！”我指着那个在桌旁等着想坐下的女人回答道。

“你是干什么的？”

“问题就在这里，”我微笑且平静地回答道，“看来人们想吃什么东西并不重要，而我是谁最重要，是吧？”

我停顿了一下，故作严肃地说：

“质量检查员！”

多么神奇的效应！老大立刻变了口气。

“快请坐，老大爷！”他说完就递来把椅子。

所有赌徒都跟着水上老大起了身，然后我们就都坐下了。

吃过晚饭，我们站起身来，一抬头，猛然发现一轮火红的圆月在森林上空缓缓升起，像一团火一样！

所有人都盯着月亮看。有一个整日坐着不动的年轻人好像内心有一些紧张，他吸引了我们的目光，后来他告诉我们，他的双腿在伐木头时被圆木压残废了，现在他装上了特别好的假肢。

“美极了！”他说。

“来，让我们看看！”人们对他说。

残疾的年轻人十分乐意地卷起自己的一条裤腿，好像这就是他所期待的一样。一条全新的假肢，表面打磨得很光滑，镀镍的扣环闪闪发亮。

“绝妙的腿！”人群中传来赞叹。

他的另一条腿看上去同样干净和清爽，脚上还穿着崭新的套鞋。

“那你，起来走走看！”

他放下裤腿，站起身来向前走去。他走得如此之快，以至于每个人都觉得他的腿好似上了发条。等走到路边，他就像汽车一样迅速地转过身来，迈开腿，又快速回到自己的位置，坐下了。

即使圆月钻出森林完全升上天空，在苍穹之上也不觉得它变得渺小。在苏霍纳河沿岸这片奇异的光芒下，能感受到一种说不出来的美。我意识到这种美就是生命本身展现出来的美好。这种美好常常出现在我们的身旁，然而我们却浑然不觉，只是一味地无聊度日。是的，只有当一个人需要双腿截肢时，他才会明白自己曾经拥有的双腿是多么美好，到那时，即使有一双木头做的腿，他也会幸福无比。

人群中又有人说：

“要是他来我们村里，估计他会马上让姑娘们看他那双绝妙的腿！”

苏泽姆（森林）法则

水上老大在明亮的月光下看见我坐在长凳上，就走过来，坐在我旁边说：

“老大爷，咱们和月亮一起照张相吧！”

我完全明白他的意思。

我问：“游击队员和猎人是哪里的人？”

“你知道博罗瓦亚河[1]吗？”

“那是什么？”

“是皮涅加村旁的一条小河的名字，那儿还有两条河流——戈列瓦亚河和让罗瓦亚河，我的木屋就在河畔上。”

接着，他就给我讲了他的狩猎小屋、松鼠、女人丽莎和一个装有特殊东西的板条箱的故事。他说等他用松鼠皮把这个板条箱装满就迎娶丽莎。那年秋天的松鼠相当多，松树上长满了松果。松树不是云杉，松树上有松鼠。

他的一座木屋就建在博罗瓦亚河河畔，另一座木屋建在戈列瓦亚河河畔，第三座则建在很远的地方——科达河[2]的最后一段河

1 流经乌克兰卢甘斯克州的河流。——译者注

2 流经俄罗斯阿尔汉格尔斯克州，伊列沙河右岸的支流。——译者注

弯处，科达河从此自南向北流去。这三条河都没有流向皮涅加河，而是流向了梅津河，那里有一片密林。

密林！我想到了我想象中的贝林杰耶夫密林，所以我想知道这片真正的、完全没有被人类破坏过的密林到底是什么样的。

“快告诉我，”我问道，“这片密林是什么样的？”

“那是一片三百多年的松树林，松树一棵挨着一棵，砍都砍不下来！那么挺拔、那么茂密的树林！一棵树都砍不下来，它们紧紧挨在一起，根本不会倒下。多么美的密林啊！密林边还有一座猎人小屋。”

从原始森林边的猎人小屋延伸出来几条小路。他走在布满陷阱的小路上，从罗网中取出野禽，又打了松鼠，然后在山坡上的木屋里过夜。

有一天，年轻的巴维尔来了，说道：“亚历山大，我的木屋被烧毁了，让我和你一起住吧。”尽管丽莎承认巴维尔向她求过爱，甚至求过婚，但亚历山大还是很不情愿地同意了：“行吧！”人遇上了麻烦事儿还能怎么办？“住吧，屋里的野禽够吃了。”顺便提一下，这里有两个储藏室，一个给亚历山大装松鼠皮，他用自己独特的方法系松鼠皮，另一个储藏室归巴维尔用。亚历山大打算用松鼠皮装满一整个板条箱后就和丽莎结婚，巴维尔也在攒松鼠皮，也许他俩想着的都是丽莎。

世上常有这样的事。一对夫妇有一对双胞胎儿子，他们一起长大，一起睡觉，一起吃饭，一起玩耍，一起学习，但后来成了不同的人——一个懒得出去，就在家附近干活，另一个却在外功成名就。没有人知道这其中的原因。类似地，两个猎人早上分头去山上打猎，晚上回到同一间小屋里，一起做饭，一起享用，还有忠诚的狗做伴，枪法也很准，但收获却大相径庭。亚历山大的愿望快实现了，但巴维尔才刚刚起步。

他们每天见面的时候都是这样的情形：亚历山大开开心心，巴维尔却愁眉苦脸。巴维尔的眼神一不对劲儿，两个人就完全没话说了。有一次亚历山大看了看自己打的松鼠皮，感觉捆好的松鼠皮有松动。一定是有人偷偷溜进他的仓库，除了巴维尔，难道还有别人吗？亚历山大把门上了锁，这种情况就糟糕了——两个人住在一起，其中一个人为了防另一个人，把自己的门上了锁。

山坡上有一条小路，路上有一个公共凉亭。凉亭里有一根圆木，人们可以坐在圆木上休息，还有一根圆木高一些，可以当靠背。形形色色的人们路过这里，走得快的人在凉亭里休息聊天，等候后边的人。有人待的地方，总会有白桦树。在白桦树底下，有一眼清泉，泉水被青苔覆盖着，泥鳅和鲫鱼在这个清澈的坑洼里游来游去。一块带把手的桦树皮制的水撮子正好在水边放着，谁想喝水就用它舀水喝。人们一边喝着一边高兴地欣赏游来游去的鱼，说道：“这些泥鳅和鲫鱼活得不错！”但是有一次人们来这里时，只看到了一条鲫鱼，泥鳅却不见了。

两个猎人就这样在一座小屋里住着。该来的一天还是到来了：这座小屋不能容下他们两个了，只能留下一个人。他俩商量好早上分头去打猎，晚上约好一起在密林中会面。临出发时，亚历山大注意到巴维尔的表情有些异样。他一整天都没有听到巴维尔打枪的声音。这怎么不令人费解呢？夜晚来临了，周围是密林，旁边是狩猎小屋。亚历山大听到了从远处山丘上传来的砍柴声，有人准备在野外过夜（不是在小屋里，而是在户外），想用木头点火。看来这个打猎的人迷路了，因为一般的猎人是不会轻易来到这里的。

亚历山大喊了一声。巴维尔应声道："我来了！" 亚历山大的心一紧：我得走，赶紧离开！为了不遇上巴维尔，他想快点儿回到自己的木屋里去。亚历山大走了一整夜，从清晨迎面刮来的风中，他闻到了一股烧焦的气味。路旁的小狗也因为难闻的气味，始终夹着尾巴。

他看见原来坐落木屋的地方现在黑乎乎一片：他的木屋被烧毁了，那是他一年以来的收获、粮食、渔具……以前这种情况很少出现，但偶尔也会发生。当陌生人在别人的木屋里过夜，不小心留下了火源，就可能会失火。但是不存在有人偷窃狩猎人的战利品、粮食或故意焚烧之类的事情。每个人都清楚地知道森林法则，也许连他们的曾祖父都给他们讲过这样的法则，现在他们都遵守这个法则。他们总是听到有人说外边的人们互相抢劫的事，但在这里，在森林里，这种事情从来没有发生过。

可是，如果木屋被意外烧毁了，那么专门建在离起火处 20 俄尺[1]远的储藏室怎么会被烧毁呢？亚历山大在灰烬中翻找了一番，他找到了一把锁，从锁上面的痕迹可以判断出它是被斧头砸开的。还有一只狗在灌木丛中翻刨着，挖出了一些东西，叼来一捆松鼠皮和线——是他的松鼠皮。谁能把不是自己的松鼠皮藏起来呢？狗又刨了一会儿，又叼回来了……但这是一根没被烧毁的圆木，可以看出来这根木头是被人用带缺口的斧头砍下来的，这意味着，谁的斧头距离刀刃底角一俄寸[2]处有这么大的缺口，就是谁干的——是他夺走了松鼠皮和这里的一切。可是毫不相干的人为什么要烧毁木屋呢？

在小路旁边，有一个外翻的大树根倒立着，酷似一头用后腿站立的熊，上面长满了棕绿色的苔藓，好像熊和熊卧在一起。这是一条巴维尔从木屋出来后的必经之路。于是亚历山大站在树根一侧，隐藏在树根后边，大树根的根须把土层带了起来，这样子弹就无法打穿它。果然，要等的人出现了。“站住，巴维尔！” 亚历山大从大树根后举起枪。两个多月以来，他隐忍着一切，现在立刻开口质问巴维尔关于锁头的事。巴维尔站在那儿似乎很茫然，听说木屋被烧毁了，他也很惊讶。他为什么要烧毁木屋呢？毕竟，他自己的小屋也被人不小心烧毁了。

“你为什么要把松鼠皮藏起来？”这时候，巴维尔脸色变白了。

“来吧，过来！把你的斧头拿过来让我看看！”

1　俄尺，俄罗斯长度单位，1俄尺约等于0.305米。——译者注

2　俄寸，俄罗斯长度单位，1俄寸约等于4.4厘米。——译者注

巴维尔用左手递过来他的斧头。“为什么用左手？”当亚历山大思索的时候，子弹从他耳边呼啸而过，决定一切的不是子弹，而是斧头刀刃上的缺口。亚历山大不仅看清楚了，而且还得出了判断。如果进行调查，那么很容易就能判断出巴维尔是被什么样的斧头砍死的。可森林里能进行什么调查呢？原来，这个巨大的树根要倒了，有必要把它砍一砍，挖一挖，没想到树根倒在了原来它翻过来的地方，把巴维尔压在了底下，倒塌的树根上面依然布满了褐色发霉的苔藓。

有传言说，我们的祖先在林区法则中规定：谁要是胡作非为，就把他埋到树根下，当年在皮涅加的游击战中，我们把多数敌人都沉到了冰面之下……

看得出来，水上老大这是第一次讲述他自己在森林里的遭遇。今天我们相聚于此，明天就可能永远分别了，这次如果不讲，以后恐怕就没有机会讲了。但即便如此，我们还是有些难过。我们想起了以前坑洼里有游来游去的泥鳅和鲫鱼，可现在只剩下一条鲫鱼了。

“那您为什么，”我问，“在森林里长大，在森林里生活，在森林里与敌人战斗，到头来却从事水上运输工作呢？”

“因为我的心脏不好，无法从事林业工作。我只要一看见林子里的现状，就得号啕大哭。你要是去林子里看看，你也会泣不成声。行啦，我们不说这个了，老爷子，你看这月亮多亮、多清楚啊！你说，你就不能把月亮照下来吗？”

梦想家

在我们的船舱里，正对着我坐着一位衣着讲究、精明能干的中年人，他自称是加拿大锯木厂的高级师傅。他给我讲的林业故事，在我看来就像梦幻一般。他讲得十分详细，甚至凭记忆想起来的引文和各种书籍中的参考资料都一字不落，要是有可能的话，我就把他引荐到林业人民委员部去。但是，当你将早上喝茶时听到的故事与晚上晚餐时听到的故事进行对比时，就会发现这一切都是“梦想家”利用我们可见的生活中的材料编出来的一种梦境。在高等技术学校的新型美式教研室里有一些偏门的专业，例如研究禽类、毛皮类和鲑科，有时会出现那样的教授，只要他们在学校里待上一阵，就能用梦幻般的说辞蒙骗住周围的人，而一旦被人在报纸上揭露出来，这种梦幻就会不堪一击，随后消失不见……

锯木厂的高级师傅早上讲的故事是关于塑料的，这种塑料将在短时间内取代其他所有材料，它通过化学方法将木材变成液态然后压制成形。这种材料通过加工可以制成各种形式的产品——木板、圆木、柱子，甚至是一个坚固的堡垒。所以，我觉得我现在明白了“梦想家”是用什么蒙人的：他让人对塑料产品产生兴趣，从而排斥其他所有锯切的和砍伐的木材。以前曾经发生过这样的事情：那是 1919 年的时候，村里的“梦想家”设想将来要有拖拉机，就劝说农民们放弃用木犁犁地，那些农民醒悟过来后对“梦想家”说：“我们不能先放弃木犁，等拖拉机来了再说。”当拖拉机出现了以后，又发生了跟马有关的同样的情况，“梦想家”甚至在马群无人看管到处乱跑的时候还在劝说农民。按照他们的说法，以此类推，林业不需要更多的木板，更不需要细木工、木匠、锯木厂和工厂。可到了晚上，人们发现没有锯好的木板还真行不通，然后还是用锯好的木板取代了塑料和其他材料。我们在早上还谈论到发生在北方的关于锯子的“胜利游行”：两个缺乏训练的拿着锯子的女人赶走了一个伐木老师傅。这个老师傅用斧头砍树就像其他人用锯子一样得心应手，他也用斧头给自己的木屋做了精致的装饰。早上，我们欢迎拿着锯子而抗拒斧头的女人的到来，并似乎预见到斧头时代的终结。而到了晚上又突然出现了艺术工业的新观点，从这个观点来看，锯子破坏了木材的细胞，不能制作出来精工产品，没什么用处。精工产品的材料需要用斧头制作，只有斧头，只有唯一的斧头，才能拯救我们充满艺术性的木材工业。由此看来，使用了锯过的木材和塑料，以及那些使用锯子和反对斧头的女人们的大量出现，在很大程度上使人们的生活失去了表现力——没有比这更糟糕的事了。

这位来自加拿大的高级师傅讲述的梦幻般的故事是如此的真实而残酷，但有一点在他身上永远不会改变，那就是无论情况有多么糟糕，他都会努力找到出路，因为他永远是一个乐观主义者。的确，要是你知道几年后一切都会好起来，那么除了个人日用品，其他任何不足都不会影响你的心情。我们谈谈我特别不喜欢的沃洛格达附近的河流上的木排流送机械化。如果将未加工的木材用人工运至起重机，又用人工将成品木材运走，那么这两个人工过程不仅消除了起重机生产率的附加值，而且这种人工和机械的联合生产过程比纯人工的产量还要少。显而易见，随着机械化的实行，人工劳动衰落了，从此人工劳动就由劣等专家和不熟练的工人马马虎虎完成。你能怎么办呢？要是工人们在木材厂用人工将圆木搬进车厢，而旁边却摆放着最好的起重机，起重机常年遭受风吹雨淋……你又能怎么办呢？

加拿大锯木厂的高级师傅笑道：

“您注意到的都是不值得一提的小事！您可以去博布罗夫斯卡娅的浮栅看看，就在阿尔汉格尔斯克附近，您会看见规范的机械化生产。那里的机械化装置就像中央光源一样，向四处散发光芒，等光芒普照大地，就会处处熠熠生辉。至于砍伐树木，这可是正经事！这才是自己应该关心的事情！您想象一下国家森林的总量，再计算一下它的增长率，就知道将每年森林的损失与森林增长率对比显得多么微不足道了。”

在我们聊天过程中，船舱上铺偶尔有人直勾勾地盯着这个乐观主义者看。我没有注意到这是一个什么样的人，但他那可怕的眼神在我脑海里一整晚都挥之不去。1919 年是可怕的一年，那一年人们经历了伤寒、饥饿和内战。我从庄园里抢救出来图书馆的书，尝试做这一专题的讲座。有一天，我偶然间参加了一个会议。开会时人们觉得我的样子古怪，他们都把目光投向我，疑惑这个戴着帽子的人来干什么。而坐在桌旁的那个人，是当地指挥内战的一把手，他用眼睛盯着我——一只眼睛睁着，另一只眼睛闭着，就像射击瞄准一样。我看到这只可怕的盯住我的眼睛，就好像它的旁边有一只手指同样不停地召唤我。我说不出一句话，但我却屈服于一种未知的力量，我向前走过去，所有人都好像幸灾乐祸地说："你看他，戴帽子的那个人，落网了吧，过去了……"

"是谁啊？"

"图书管理员，抢救书籍的。"

没有任何文件出示，所有人都在窥视我。随便吧！至于我嘛，我也会自我保护，不是用一只眼，而是双眼。我睁大双眼看着他们……

"图书管理员……挺好的，或许您是讲课的？"

"我当然讲课！"

"那，坐下吧，请跟我们坐一会儿，再请您帮忙……"

在船舱里，我觉得有人从上铺注视着我们，我感觉到了，但不知为何，在这双眼睛的注视下，我不好意思不理睬加拿大的高级师傅。我们就这样坐在船舱里：这一面的上铺和下铺都是我们的人，对面的下铺是加拿大人，上铺有一双眼睛盯着我们。

我们慢慢地沿着苏霍纳河行进，途径托季马、大乌斯秋格和奥波基范围内高高分层的河岸。很快就要到达苏霍纳河和大尤格河汇合在一起的小德维纳河了，维切格达河也汇入了小德维纳河，我们继续向北德维纳河方向航行。

读者

河岸两端相去甚远，即使在明朗清澈的夜晚，也无法看清楚对岸的任何东西。在平静光滑的水面上，可以看到蜘蛛网状的东西，要是你不了解，你就肯定猜不到它们为什么出现在水面上。也许有些旅行者在路过此地时也不会好奇，为什么宽阔而平静的水面上会有这些网状物。但是，这其实不是网状物，而是顺着河流的方向连接在一起的圆木，还有流放木材使用的导向浮栅。当单漂木筏撞到导向浮栅后，就能按照正确的方向漂流，避免乱漂。令我们惊讶的是，居然有一个人在这“网状物”上行走，此外，这个人还在“网状物”上居住，因为他在“网状物”上有一处简陋的住所。当我们走近他的住处时，竟然发现在他住所的整面墙壁上都画着一个打着比轻蔑更恶劣的手势的流氓，还有用粉笔写的令人作呕的短句。

我们追上了牵引木筏向阿尔汉格尔斯克方向行使的拖船。为了给我们让路，拖船的尾部钩住了导向浮栅，浮栅上的小屋也跟着移动。小屋的主人此时已经进屋躺下了。当拖船碰到浮栅时，小屋的主人立刻跳了出来。这个人跳出来后，蹦到了一条独木舟上。这个人长得很英俊，他整个人在独木舟上左摇右晃，对着北德维纳河的方向，展示着他的魅力。

“太不像话了！”我旁边的一个人说道。

我转过身，发现了那双在船舱里一直盯着我的眼睛。它的主人是一个矮个子，脸上有一种能使人激动的表情，很特别。这种表情通常在那些精力最充沛的老人的脸上出现，当他们的内心突然有些不愉快时，就会有这样的表情。或者在那些遇事不会袖手旁观的年轻人的脸上也会出现。我立刻理解了那些下流词语的影响。那些有文化的人有时试图与劳动人民比试骂脏话，其实他们大错特错了，因为劳动人们也鄙视自己的咒骂行为，鄙视知识分子，鄙视那些作家为了显摆和炫耀，将这些谩骂的词汇加到他们的诗歌和散文中。劳动人民感觉受到了侮辱。

“不要难过！”我对这个陌生人说道，“这种事情不会长久的。”

突然，我想起了我的一次考察，就对他说道：

“冬天我在家里住的时候，经常穿过一片覆盖着白雪的田野，沿着那条小路散步。在这条小路上也有来来往往的小学生，他们常常拿着小木棍在雪地上写东西玩儿。后来，我不断发现这些刚开始识字的孩子在雪地上写一些不雅的、侮辱性的词语，但只要开始学习语言，他们就再也不会用拉丁文写出肮字脏词。我们的人民要更多地学习，就会变成知羞耻的人。这种愿望会实现的。在这方面，我是个乐观主义者。”

“我也这样认为，”这个陌生人十分友好地回答了我，“当我看您时，我就明白了。当那个乐观主义者给您讲述绿色植被的增长情况时，我心想，说吧，胡扯，让你胡扯，总有一天会把你绳之以法。那您，莫非是记者，或是作家吧？”

他准确地说出了“作家”一词，就像我 1919 年遇上的那个人问我：“您是不是演说家？”

说完这些话后，我的那位读者，同时也是一位当地的爱国者，一个了不起的人物，让我了解了北方森林里一个十分严峻的问题。

原来，从飞机飞行的高空看地面的森林，会感觉森林的覆盖面积每年都在扩大，而如果飞机着陆以后再看，就会发现这其实不是森林，而是一棵棵枯萎矮小的树，从枯死的树木中露出头来。从高空的飞机上俯视地面，可以看见河流如同蓝色的脉络，分布在绿色的植被上，用于出口的圆木沿着河流的方向流动。一根，两根，不一会儿就堆成了山。这些树木的残余物质在腐烂的时候，会感染健康树木的树根，所以从高空看，地面上全是绿色，而从地面上看，那根本就不是森林，甚至比荒地和砍伐区更糟糕——两百年后，被砍伐过的空地上会形成一片森林。而这里，这片被破坏的森林会完全腐烂，再过一百年之后，才开始长新的树木。

听到这些话，我感到很奇怪。我们周围巨大的圆木在向阿尔汉格尔斯克的伐木场漂流的过程中，时常会撞着轮船。那时，看着向我们漂来的一堆圆木，我们就会兴致勃勃地等着，猜测这艘轮船是会躲开这些圆木，还是会再一次被圆木撞得摇晃起来呢？如果森林已经枯竭了，这么多的木头又从何而来呢？

树木当然还没有被砍光，但是每年树木砍伐计划完成的难度越来越大，就不得不划分出来越来越多的森林伐区，再从中挑选出合适的林区进行砍伐。

靠什么来拯救森林呢?

在全面实施机械化砍伐的情况下，森林只能靠自己的力量进行更新换代。

在实行机械化过程中，建设了无数的纸浆厂和其他重工业工厂。

“我有一个主意。”我的那位读者对我说。

他开始向我介绍硫酸盐和亚硫酸盐工厂的建设，这时加拿大的高级师傅看到了我们，就高兴地走过来，坐在了我们旁边的长凳上。

我把我们谈话的一些内容告诉了加拿大的高级师傅，他听到后回答说：

“您说的这些情况有一定的道理，但您的所闻所见毕竟有限，您要是去一趟加拿大就好了。”

真像做梦一样。

“有必要那么关切森林吗？”这个加拿大人开口了，“与煤炭相比，森林算得了什么？全世界的煤炭储备量可用的时间已经不多了。我们正处于利用无限的原子能的前夕，而您却在为森林发愁，这种情绪的产生只不过是因循守旧导致的结果。森林就像老妇人一样保守，我们越早地摆脱这种废物，我们的生活就会变得越自由、越美好。”

“即便如此，我们该如何处理这片大面积被破坏的森林呢？”

“当东西没什么用时，就应该扔掉，”这个加拿大人坚定地回答说，“别管它，到西伯利亚森林里去。”

“那么怎么把木材运出来呢？”

“走海上运输，开辟新的道路。”

“像‘切柳斯金’号[1]轮船的船员一样吗？”

我的读者朋友沉默不语，我也不再问他什么。这时，加拿大人已经明白他改变不了我们的想法。

然后，我开始给我的读者朋友讲那一片我希望在北方能够看到的、没有被人类砍伐过的贝林杰耶夫密林。

“有这样一片林子，”他回答说，“不过，您别着急，我听说那里已经有冰船划过去了。到贝林杰耶夫密林的路非常难走，特别是春天的时候，路就更难走了。应该先在上托伊马河[2]下轮船，然后骑马走100公里的雪地，路上的雪能淹到马肚子。进入森林以后，坐小船沿着皮涅加河向下航行到伊列沙河，然后沿着伊列沙河航行到科达河，再坐平底船顺着科达河逆流而上到达河流的源头——到那儿只能坐平底船。接着沿着科达河的河岸步行两天，当科达河的最后一处河湾拐向南方时，周围的河流纷纷向梅津河奔去，而波尔贝什河[3]的旁边就是贝林杰耶夫密林。”

“密林是什么样子的？”

---

1 1934年2月13日，由苏联探险队队长奥托·施密特和船长弗拉基米尔·沃罗宁率领的“切柳斯金”号轮船被冰块压碎，沉入白令海峡。船员和探险队成员共计104人踏冰等待救援，被疏散的船员在冰上生活了两个月，国家动用飞机拯救他们。参与抢救行动的所有飞行员成了“苏联英雄”荣誉称号的第一批获得者。——译者注

2 流经阿尔汉格尔斯克州，是北德维纳河的支流。——译者注

3 梅津河的支流，位于阿尔汉格尔斯克州和科米共和国边境地带。——译者注

“这座密林是成熟林，但是并不老，笔直的树干像蜡烛一样，一棵挨着一棵，很匀称，砍不下来，也倒不下——被砍的树会依附到另一棵树上。”

此刻，在我的心中，一种无以言表的喜悦油然而生，我急忙询问了前往密林旅行的注意事项。我的读者朋友似乎终于明白了我的心事。

“我明白了，”他说，“您想向我们——读者们展示，我们曾经拥有什么样的森林，以及我们把它们变成什么样了吧？您为了比较过去和现在来介绍密林，才需要亲自去看一看密林吧？”

我的读者非常满意自己的猜测，我也很高兴。我高兴的是，我为自己想进入贝林杰耶夫密林的本能的渴望找到了崇高的理由。

我对于密林的“发现”喜出望外，这里的每个人都在谈论它。凭我以往所有的旅行经验判断，我知道现在我的旅行不会是没有意义的，而且，这座密林就像被发现的宝藏，或者最珍贵的钻石，我会把它放在我的内心深处，珍藏起来……

浮栅（一）

北方河流高高的河岸有时被称作高岩河岸。河岸上矗立着高大的树木，其中落叶松是最高的树木。真正的落叶松就生长在高岩河岸上。一条小溪穿过陡峭的岩壁，掠过欢快的小草，像孩子一样天真地在一块又一块的石头上跳跃，再从石头上冲进河里。我们来到岸上想探寻小溪的源头，也想欣赏我们在河上想象的原始森林的样子。结果却完全出乎我们的意料！原来只有在干涸狭窄的河岸边缘上，才长有高大的树木，树木后面几十米外的地方有一片小松林沼泽地，沼泽地上零星覆盖着青苔和腐烂的云杉树。看着这样的情景，我们瞬间失去了对森林的诗意美感，而开始“实际”地看待这一切。河岸边缘勉强支撑着小松林沼泽地的压力，但我们发现一条小溪已经冲破阻碍，穿过了河岸，自由地流淌着。那么，早晚有一天，整个高岩河岸会自上而下坍塌，而小松林沼泽地也会干涸。

有时候，河岸边沼泽地的后面另有一片黑色的松林沼泽，继续往前，到达荒无人烟的密林深处，还有很多连在一起的黑色的松林沼泽，形成低矮、潮湿的沙地。沿着沼泽的边缘在沙地上行走，有时会看到洁净的、覆盖着青苔的松林和鹿最喜欢的、覆盖着白色苔藓的松林。小溪冲刷着岸边的障碍物，在春季，波涛汹涌的河水奔流而过，顺着河水从密林深处的松林里漂出来独漂木或圆木。黑松林里流淌着湍急的、流送木材的河流，从空中往下看，它们如同蓝色的脉络，只有在流程的末段才变成黄色——这黄色是被浮栅挡住的圆木。

在这条将原始森林奉献给人类的河流的岸边，我们的船停了下来。这条穿过北德维纳河岸高地的河流，就是上托伊马河。

深水大垛堆

从我们到达当地的第一天起，根据我的观察，河边总有一只鹡鸰出没，它沿着融化的冰面边缘跳动。当冰融化之后，它会到河岸上奔跑，但不会远离河边。如果河岸是陡峭且沙质的，那么它在沙子上会留下清晰的痕迹，就像书中的一行字一样。一夜之间河水退去，这条线却留在河岸表面，清晰可见，而鹡鸰又会画上新的线条，我们就可以根据鹡鸰留在河岸上的线条，从河水水位下降的第一天算起，看出哪一天水位下降得多，哪一天下降得少。

鹡鸰出色地记录了早春的进程。今年初春时，河水水位很低，突然热了几天，浅滩处水深仅 8 ~ 10 厘米。雪融化得格外早，然后就是日复一日的霜冻，无休无止。只有大河奔流而去，而小河都被冻住了，只好把河里的冰炸开。当地建了水坝，存了水，才慢慢地将圆木漂移到浮栅里。

今年春天，鹡鸰依然不断地在河岸上留下自己的脚印，欢快地书写着自己的作品。随着时间的流逝，森林中的雪慢慢融化成了水。水位上升了，鹡鸰在河岸上留下的所有痕迹突然被淹没了。之前一直在低水位的河流中进行的木材流送，现在能在高水位的河流中进行了。噼啪作响的浮栅，承受着深水里木材“大垛堆”的压力。

苏霍纳河和尤格河[1]的水位仍然在下降。由于维切格达河的汇入，北德维纳河的水位上升了。河水从森林深处和可怕的沼泽里猛冲出来。上托伊马河的水位比北德维纳河的高很多，有的地方高20厘米，有的地方高60厘米，河水像一堵水墙一样猛烈地冲击着浮栅。

一个世纪以来，林业管理局不重视下托伊马河[2]地区，而在上托伊马河地区的所有机构，包括检察院都开始在电话中谈论漂流运送木材，感觉就像着火了一样.浮栅马上就要被冲破了，但是人们很开心，所有人都觉得有趣。

从早到晚，圆木不分昼夜地向浮栅漂来，潜入“大垛堆”之下，一直堆到了水底。圆木在水下越堆越多，就产生了来自底部的压力。在这种压力之下，堆在上面的圆木突然就像果戈理笔下的死人一样弹了出来，茫然地向人们点着头。风雨交加的夜晚过去之后，几乎所有的绳索都被扯断了，许多锚桩被拔了起来，整个“大垛堆”像刺猬一样，晃动着自己的“针刺”，随时准备全部冲进北德维纳河里。

我们沿着浮栅，从一侧河岸走到另一侧河岸，穿着半高腰皮鞋在圆木上行走，工程师甚至穿着白色的鞋，他告诉我们，这种“大垛堆”每平方米承受的压力能达到30 ~ 50吨，他们称之为“深水大垛堆”。

---

1 流经沃洛格达州和基洛夫州的河流，北德维纳河右岸的支流。——译者注
2 流经阿尔汉格尔斯克州，是北德维纳河的支流。——译者注

院子里的苔藓

多么明亮的夜晚啊！只要你稍微睁开眼睛，就能看到集体农庄里的“要命鬼”是如何从圆木之间的苔藓里出来，爬到你的身上吸血的。在北方的院子里，苔藓是昆虫最好的栖身之所，而房子建在苔藓上。这种房子完全不抹灰泥，即使是用黏土和沙子混合材料建的房子也应该禁止使用。我们在房子里简直无法入睡，内心烦躁不安，只得走出这糟糕的房子，来到室外。出现在我们面前的是夏夜美景衬托之下的北德维纳河，它在高高的河岸上敞开了大门，将上托伊马河纳入怀中。在上托伊马河的对岸，人们顺着浮栅，踏着密密麻麻的圆木，沿着这条黄色的河流行走、跨越，经过一条白色的小路登上了我们这边河岸上的峭壁。一个肩上扛着麻袋的疲惫不堪的老妇人坐了下来，她的眼睛茫然地看着上托伊马河泛滥的河水和浩浩荡荡的北德维纳河。人们绕过她忘在小路上的麻袋，从她身旁走过。这是一个年迈的老妇人！在这个梦幻般明亮的北方夜晚，我感受到了这个善良老妇人的悲痛，似乎她身后经过的不是人，而是鬼魂——她以前的老伴叫伊万·库兹米奇，仿佛刚从她身边走过。她的两个儿子在战争中牺牲了，一个是为沙皇而死，另一个是为了苏维埃，现在儿子们也走过去了，而她一直坐在那里……

我们在离老妇人不远的岩石上坐下来，饶有兴趣地观察漂浮的圆木如何潜入“大垛堆”下，一排排漂来的圆木承受着来自底部的压力，突然弹起来，像没有腿也没有头的家伙晃动着笔直的身体向我们致意。

一个身影从这个北方老妇人的身后经过，他看到我们后，想在我们坐的石头旁边休息，与我们交谈。原来他是来自皮涅加河的支流维亚河的猎人。他说，他们那里的人都是猎人。在那儿也沿着维亚河和皮涅加河漂流运送木材，但是如果沿着科达河向上到达它的源头，穿过荒野密林的小路到达汇入梅津河的波尔贝什河，还有一片从未被人类砍伐过的森林。这个覆盖着绿色苔藓的森林叫密林，那里有生长了三百年的森林，笔直的树木，长得非常匀称和稠密，即使树木被砍断了也不能使它们倒下。而在密林的旁边，还有一片覆盖着白色苔藓的森林也没有被砍伐过，林中只有野鹿成群结队地吃草……野鹿数量很多，要是以它们为食物，为漂流木材的工人们提供每周的鹿肉伙食，够吃一年。还有很多熊，现在，早春时节，它们在绿色的植被上行走、刨地，就能找到一些植物的根当食物，可以清洁它们的胃。

当猎人扛起猎物向我们道别时，我突然回想起我年轻时在北方的旅行，明白了现在是什么力量挽救我免受臭虫的折磨。我清楚地记得臭虫让我无法入睡，我不得不跑出去，它们强迫我不断向前。当然，不仅是臭虫驱使我，还有很多麻烦，比如使我发痒的虫子，还有神秘力量让我离院子里的苔藓越来越远。尽管如此，我也必须住在这里。当然要继续生活和与臭虫作斗争。根据我的经验，松节油与浓石炭酸混合在一起有助于对抗嗜血的虫子。很有必要毒死这些臭虫以使人们的生活更轻松。应该毒死臭虫，一定要这样做，然后用黏土和沙子把它们埋起来。在我看来，可以将所有虫子分为普通虫子和刺痛人心的虫子，并用松节油和浓石炭酸对抗普通的虫子，而对于刺痛你灵魂或心窝的虫子，你要清楚，它是不能只用浓石炭酸消灭的……夏季北德维纳河的夜晚是如此明亮、如此美丽！

密林考察

圆木！我必须改变我的天性，才能像我周围漂流运送木材的人们一样，学习如何简单地说出“圆木”这个词。树木从小给我的感觉就没有固定的几何形状，它的主要特点就是比我高，我可以像小动物一样潜伏在它的身体里。它的寿命也比我长得多，而且就像人类在世界上的繁衍一样，树木以自己的方式在地球上传播着种子——云杉、松树、白桦树——它们都以自己的方式发展。但是，如果想让成熟的森林不被烧毁，就必须砍伐森林，那么，我们现在就获得了圆木。

的确，不能让虫害和火灾破坏森林，万事万物皆有寿命，因此需要砍伐森林。我认真地为这项事业服务：在所有木场中，我的好奇心总是打扰员工。但是在密林，那遥远的密林里，一棵树都无法被砍倒，要是砍断一棵树，它就会靠在另一棵树上而不会倒下——这片密林是不可侵犯的。圆木是尽头，密林是开始。带着这样的想法，我去找区委书记，请求他帮助我到密林考察。

当我来到区委会时，一个边区委员会特派员坐在秘书旁边，我从他们的谈话中听到的第一句话是：

“为了完成明年的采购计划，我们将不得不前往密林。”

“密林？哪个密林？” 我打断了他们关于圆木的谈话，“是不是梅津水系内的密林？那里的森林已经成熟了，而且非常茂密，以至于……”

那些很严肃地讨论圆木的人，突然明白了我想亲自看看密林的愿望，就好像他们在内心深处也认为森林的主要性能是可以隐蔽和躲藏，森林的寿命比我们更长，而且森林穿越沼泽和山脉，遍布世界各地。

一个人是以前的游击队员，他给我们讲了一个关于森林小木屋的故事，红军士兵当年在与白军打仗的时候，曾经隐藏在森林小木屋里。

“您看吧，您在这儿住上一阵儿，就会明白他们打了一场什么样的仗。”

来了一些猎人，他们是长期做毛皮贸易的。

“在那地方，”他们说，“人们没见过锯子，您就会明白斧头是多么完美的工具。”

“那地方也没见过汽车，人们一年四季都坐着雪橇在苔藓上、泥里、森林里、沼泽中穿行。”

这时候有人抱怨道：“到皮涅加要先骑马走 100 公里，现在森林里的雪深能到马的肚子了。”

“必须骑马走 100 公里吗？”

“一直以来都是这样走。”

“沿着科达河向上游走，坐着平底船艰难冒雨行进，你们能忍受吗？”

“这经常发生。”

“然后步行通过旱地和沼泽地？”

“是这样通过的！”

“然后乘坐木筏或者小船，沿着皮涅加河向下行驶700公里到达阿尔汉格尔斯克？”

“是的，我们顺流而下。”

之后，区委书记显然是想尽快结束吸引所有人的关于密林的谈话，就把话题转到了圆木上。他打电话说了骑马的事情，又用很长时间试图与皮涅加河那边取得联系。电话接通了，他刚通知完皮涅加河河岸的索格拉村关于我要去的消息，电话就中断了。与遥远的皮涅加河河岸的联系中断了，但是从下托伊马河传来话说：

“浮栅断裂了！”

秘书回答道：

“真是让人高兴的事情！”

所有人都立刻跑出去帮忙了，只留下当地报纸《新北方》的秘书和编辑处理事务。

秘书给我们批了旅途所需的面包、黄油、茶和糖。还需要什么呢？我们是猎人，能够在森林中捕获猎物。带这些食物足够了！但编辑想了想，又给我们加了两公斤饼干。

最近的村庄

回想起很久以前，我习惯从左边上马，骑上马，我们就开始了一段遥远而艰难的旅程。首先要穿过上托伊马村的田野。山谷里还有很多雪，但是秋播地已经露出来了。尽管还没有被雪水冲刷过，上面好像覆盖着一层薄膜，但是小草已经开始绿了。一群鸻鸟成群结队地在草地上漫步，在科学领域，一般认为它们是非常有趣的鸟类。

“松鸡还在求偶吗？”我问道。

“黑琴鸡飞下来了吗？”被我提问的人向路过的集体农庄庄员询问道。

“森林里的雪还相当多，”路人回答道，“可能它们还往雪地里飞。”

“松鸡还在求偶呢！”我刚才提问的人回答我说。

就这样，我们知道了，当地人的方言把松鸡称为黑琴鸡，把黑琴鸡称为草原榛鸡，称母松鸡为“пеструха”，称母黑琴鸡为“теруха”。至于说它们从树上掉到地上来打架，其实是它们在求偶呢！

在离村子 4 公里的路上，我们又遇到了那条上托伊马河。在上托伊马村的上托伊马河河口，我们沿着浮栅行走，如履平地。夏天，人们从这里渡河的时候，车轮几乎都不会被打湿，可现在，到了春天的时候，这条大河切断了我们前行的道路，迅速携带着泥泞的黄色沼泽水流进了北德维纳河。我们把马送上了回上托伊马村的路，然后自己带着随身物品乘船渡到对岸，艰难地应付着汹涌的水流。

河岸右侧是苏霍伊村。村里人已经准备好了骑行用的马等着我们，它们是从木材工业车队所在的尖顶山来的。

“可怜的冰上爬犁！”苏霍伊村的村民中有人怜惜地感叹道。

原来，给我们准备的马匹一整个冬天都在人造的“冰道”上干活儿，人们往雪地上撒雪，道路变得坚硬，就成了“冰道”。车队给我们派了最好的马，他们说我骑的深棕色小矮马平均一天可以拉四趟，而高大的灰马在“冰道”上根本无法驮运，它们一般用来驮犯人前往森林劳改营。苏霍伊村的村民对这一切是耳熟能详的，灰马当然也是大家所熟知的。别佳穿着带有“伏罗希洛夫神枪手”徽章的皮夹克，肩膀后面背着枪，看起来很像一个押解罪犯和其他有罪之人到发配地的军人。而我这个留着大胡子的老人，大概也像个被没收财产的穷人。一个善良的老妇人对着那匹众所周知的灰马点了点头，小声对我说：

“老爷子，你去哪个林区[1]？犯了什么罪呀？”

---

1 原词为 сузем，意指茂密的森林。——作者注

“土匪，”我回答说，“我是土匪，老太太，我揪掉了别人的两只公鸡的脑袋。”

这个老妇人太可怜我了，根本听不懂我的玩笑话。她慈祥地打量了我和我的马，说道：

“我看你可不像干坏事儿的……唉，祝你一路顺风，愿基督保佑你，希望你不要生病！”

我们骑马进入那片被破坏的森林，与靠近居民区旁边的森林一样。很快我们确定了要走的道路，先沿着高高的河右岸行驶。透过光秃秃的落叶林和各种针叶林，我们可以看到宽阔的托伊马山谷，还有密密麻麻一个挨着一个的村庄。森林里还有积雪，但不像听说的那么多。我们发现了长在路边的羊肚菌，感到非常惊喜：今年春天我们在莫斯科附近曾经采过羊肚菌，没想到在这里又看见了羊肚菌，似乎已经过去了整整一年的时间，青蛙也开始产卵了，对我们来说，又开始了一个新的春天。但最令我们这些对莫斯科附近的春天很熟悉的人感到惊讶的是，这里的桦树芽在桦树下还有积雪的时候就已经发芽了。从森林里的最后一片雪花融化，到最美好的一天——当巧克力色的桦树芽苞露出绿色的嫩芽，而这些嫩芽看起来就像小甲虫，会突然腾空飞走的那一天，似乎已经过去了很久。这种现象可以简单地解释为，在北方茂密无比的森林中，积雪一直覆盖到太阳光还不是很强烈、还没有来得及温暖树冠的时候。一路上，我们看见了森林、湖泊，穿越了许多条流向上托伊马河的小溪，心中不知不觉产生了一种感觉：就像在野生云杉林中的某个地方，在索格拉森林[1]中，应该覆盖着大量的积雪，这些溪流从那里发源，还会流很长时间，但它们总有一天会消失，而上托伊马河也将变得狭窄，成为非常浅的河流。在夏季流量巨大的北德维纳河，随着森林年复一年被砍伐，到了仲夏，水量越来越少，河水冲过河道沙坝就变得越来越困难。

我们策马加鞭，快速行进。起初，我们感觉自己骑多久都不会疲劳，只不过沿途单调的景象使我们头晕目眩，因为这样急着骑马赶路，我们几乎没有时间观赏森林里的景色，更不能像散步时一样，可以醉心于阅读森林这本书。突然，在单调的针叶树林中，有什么颜色鲜艳的东西在我们面前一闪，紧接着又消失了，然后又出现了，让人感到莫名其妙。这时，在道路拐弯处出现了一个身穿亮黄色连衣裙、披蓝色披肩、头戴红色贝雷帽的年轻女子。她赤着脚在泥泞和雪地上匆匆赶路，手里拎着一双闪亮的、崭新的防水橡胶套鞋。

“请问女士，您急着去哪儿啊？”别佳问她。

“去过节，”女人回答，“去米拉，过尼古拉·维什尼节[2]。”

“米拉，还有这样的村庄？”

“米拉村是离密林最近的一个村庄，再往前就是密林了。”

这位女士赤裸着脚，像一只长着红色爪子的鹅，她跟着我们

---

1 原词为 corpa，意指沼泽化的单一多节的云杉林。——作者注

2 一个东正教节日，为纪念11世纪末将圣徒圣尼古拉的遗物转移到意大利巴里市而设立。东正教会每年5月22日庆祝该节日。——译者注

往离密林最近的村庄走。她一点儿都不吝惜自己的两只脚，却一路上都细心地保护着她的防水橡胶套鞋。

一切变得更简单了，但同时写旅行游记也越来越难——在简单的环境中寻找了不起的东西似乎很难，而且，你要明白，所有的一切都在变化。于是我们穿过尖顶山，在那里的木业农场里喂了马，之后又来到了上托伊马河边。过了桥，我们看到桥的另一边有一辆很常见的“斯大林”牌拖拉机停靠着。但是拖拉机出现在林间公路上并不是那么简单的现象，拖拉机的通行对整个地区来说是一件大事，这个地区在领土面积上相当于整个欧洲国家的面积。在皮涅加，只有在早春时节，才能有两到三艘轮船航行，运来一整年的食物。启动拖拉机是为了测试是否可以通过旱路从德维纳地区向皮涅加地区运送食物。因此在这里遇到一台拖拉机，似乎是，实际上也确实是该地区第一台能将50普特的面粉运送到皮涅加的拖拉机。一路上拖拉机压毁了很多桥，费了很多油，当然用拖拉机运送面粉不便宜，但毕竟任何新的尝试都是值得的。

我们继续沿着高高的河岸在森林里行进，但不是右岸，而是左岸。远离人类居住地的森林越来越茂密，积雪也越来越多。现在，在泥泞道路两旁的雪地上，我们饶有兴趣地观察雪地上的脚印：不知是野兔还是貂在泥里弄脏了冬季雪白的脚，然后把黑色的脚印印在白雪上。我们当然希望这是守林员穿着他的毡靴踩出来的脚印——我们还真是怀疑他了，不过很快就发现这是那个打扮得很漂亮的、赤着脚的女人路过了此地。原来，我们在尖顶山休息时，她超过了我们。现在她站在路上，给我们打手势。这时有一只野兔突然跳过小路，而那个女人看到了这只兔子，就提醒我们，野兔需要穿过小路，可能会给我们制造麻烦。幸运的是，野兔过去之后，松鼠也跟着过了小路，我们告诉那位女士："松鼠预示着平安顺遂，松鼠过去之后，野兔就不会带来不幸了。"

"您是怎么知道的？"女人很惊讶，然后指着我问别佳，"你是送老爷子去塔利察还是奥赫托马？"

塔利察和奥赫托马是位于偏远的、离苏杰姆密林最近的村庄——米拉村后面的劳改营。我第二次把自己平白无故地当作土匪，想象着自己始终处于人类社会所带来的不幸之中：由于发生了误会，我这个无辜的人就被定罪并被发配到这片荒野森林中进行劳动改造。我一边想象自己正处于这样的境地，一边开始痛苦地思考该怎么做才能逃出森林，然后假名哥萨克人过着肆无忌惮的生活，或者，留在森林里，忘记过去的自己，人家吩咐什么我就做什么，用自我内在的力量赢得对自己的尊重，并在个人的尊严意识中打开通往自由的道路。因荒谬的误会所产生的问题其实不足为奇，这个问题一直伴随着我，只是现在突然显现出来——设想我的家乡在国家的边境城市，城市把森林生活与草原生活分隔开。人们为了逃离自己的不幸，就跑到了草原上生活，无畏的哥萨克人和各种精明的强盗就生活在这里，而在另一边，是留在森林里劳动和生活的人们，他们用劳动和意志力克服了自己的痛苦。

我写的故事总是很幼稚，甚至出于一些愚蠢的原因就诞生了，起初我甚至没有想到这些故事能变成文学作品。当我回想起自己的一生，我就感到很痛苦：我曾经多次逃离，以守卫我快乐的处女地，我也曾不止一次留在原地，不仅恢复因进行斗争而失去的力量，甚至获得比失去的更多的力量，以击退我内心的敌人。只要你一想到身处离密林最近的村庄还很远的原始森林里，周围是纵横交错、一动不动的树干，你就会心里烦闷，然后这种感觉渗入骨髓……即使这只是想象，但湿气和寒气依然会渗入骨髓，因受潮着凉而治疗好的骨头也会酸痛……逃跑吧，当然要逃跑！但是，要是假借别人的名讳从森林逃到遥远的草原重获自由，我就像失去了所有最珍贵的东西，像骗子一样四处游荡。对我来说，陌生人比森林中一动不动的树木更可怕。

渐渐地，森林里长满了白桦树，这是人类到来的标志：原先的树木被白桦树取代了。森林里开辟出了路。我们沿着山路往上走。离密林最近的村庄里的木屋仿佛建在天上一样。从这座长满绿色冬季作物的大山的高处，可以看到我们行走的路，通往阴暗的森林。然后，我审视着自己可见的一切，再一次审视自己的内心，我理解了生活在森林里的人，他就住在这里，哪儿都不曾去过，只在这里干活儿，干活儿，默默地重复着：森林是魔鬼！这样他就赢了。春天的节日里，人们演奏手风琴是多么开心，姑娘们穿着五颜六色的裙子，跳着我们小时候跳的非常古老的卡德里尔舞。红脸的大胡子老爷爷喝了很多酒，就在屋外一直待着，在手风琴声的伴奏下，兴致勃勃地跳着舞。而我也变得开心起来，就如我所有消耗的力量都恢复了之后，获得了一场伟大的胜利一样。不，当然，不管对我来说有多难，我宁愿在一动不动的树干中战斗，也不愿意失去我的名字，更不愿意在逃亡中，成为一个在陌生人群中游荡的冒名顶替者。

然后，我们愉快地离开了这个村庄。

丑八怪

在一个明亮的夜晚，我们在荒野密林的连水陆路中间休息，住在一个来自白俄罗斯劳动移民的饲料房里。喝茶的时候，我向房子的主人提出了我的问题。当然，出生在森林里的人会同情那些在新地方定居过程中遭受暂时痛苦的人。他们举了一个例子，讲的是一个哥萨克人的命运：哥萨克人不屈服，就逃跑了。夜里路过老家的时候，他决定看一眼自家房子就离开。当他看到自家房子上写着“牲口棚”的字样时，再也无法忍受，于是他冲进屋里，把外人赶了出去，并把与牲口棚有关的东西都扔了出去。当然，他后来又被发配到别的地方，结局自然好不了。而白俄罗斯人，他们住过窝棚，住过窑洞，所以他们活到了有药房、有电、有拖拉机的时代。现在，劳改营里的生活也不再那么糟糕了。

喝完茶，我们本来想睡个好觉，直到睡够为止，但睡了几个小时后，屋子里的公鸡突然可怕地叫了起来，翅膀还不停地扇动着，把我们赶出了家门。我们又一次冒雨在森林里行进。这是我们人类历史上的古老问题——把整个民族分为定居的人和逃到草原的哥萨克人。那么又有一个问题开始折磨我：从前有奴隶制度，那么谁选择留下了，谁就成了奴隶。

雨下得越来越大。我们本来打算在木材采运厂换上专门的工作服，但他们自己也没有足够的衣服。所有的希望就都寄托在膨胀的棉质夹克上，希望雨水不要渗透到身上。马踏入厚厚的雪地中，我坐在一半的马鞍上，用一条腿支撑着。在这种情况下，雨下得这么大，我突然想到了令人痛苦的文学道路的问题：我认为应当根据人的性格特点来选择人生道路，就好比有两个兄弟，一个天生就适合待在家里，另一个则到外面闯荡。渐渐地，两个兄弟的生活都让我着了迷，使我忘记了身边的一切。这种充满魔力的职业的特性，就是在任何条件下都让我独立于外部条件，克服体验监狱生活的艰苦和寂寞赶路的百无聊赖。从一开始就这样，一直到现在这一切仍然让我感到惊讶，我一想到我开始写作的那个幸福时刻，就感到庆幸。

突然，一条宽阔的黄色河流出现在我们的眼前。原来这是流入皮涅加河的奥赫托马河，而周围的森林变得破败不堪以至于难以描绘出它的丑陋。这似乎是森林火灾造成的：有的树倒下了，有的树被烧焦了，黑乎乎的像怪物一样伫立着，还有的树靠在“怪物”身上，下面还长满了茂密的杂草。有的地方，树木都被烧毁了，堆了好几层灰烬，人根本走不过去，动物也不喜欢来到这里。天空下着毛毛细雨，河水泛黄……

我们还没有完全被冻僵——劳动移民的小屋出现在奥赫托马河边。男主人不在家，女主人为我们点燃了炉火。这个女人算不上是老太婆，但脸色却是灰白的，与这片森林的色调很搭配。然而，我注意到了她的眼睛，凭着自己那双伶俐的小眼睛，她立即明白了我们的马是什么马，我是谁，以及别佳是谁。

火炉的暖意催我们入眠。我在桌边的长凳上躺下了，似睡非睡打着盹儿。突然，我睁开眼睛，看到一个丑八怪坐在桌边看着我。这个女人太丑了，她面部的骨头是堆在一起的，上下颌骨和嘴唇也聚在一起——真是个丑八怪。人们对于外人第一眼看到自己就认为自己是丑八怪而感到羞愧，但当与丑八怪近距离面对时，那双活泼灵动又聪明的小眼睛里透出的极度忧郁之情会触动你的心灵，你会觉得就是这个丑八怪，而不是一堆毛和骨头组成了一个人，这样也还不错。

这样一来，这个丑八怪就双手托着脸颊看着我，一直看着，仿佛要看透我的内心。我感到毛骨悚然，为了不让她发现，我若无其事地拿出梳子开始梳头。

“你的头发是做出来的，”她问，“还是天生的？”

我回答道：

“我生来虽然不富裕，但头发是卷曲的。”

“你以前的头发很好！”

“以前是，但现在很卷曲！”

“灰白的头发！”她说完就一直盯着我，“你被发配到哪个林区？”

“你怎么这么说？”我笑道，“别佳是我儿子，我们是随心所欲地走，好人才能想去哪儿就去哪儿。”

不过，看得出来，她才不管我们是否是自由地旅行。丑陋的面容给她带来深切的痛苦，对于我们的自由与非自由意志的想法完全无所谓，她似乎只对我那灰白卷曲的头发感兴趣。还可能因为我刚刚说了“好人”……

“灰白的头发！”她重复道。

她继续直视着我，想看透我的内心。

北方人都说，雨像客人一样，如果早上来，待一会儿便离去，下午来，则要留宿一夜。“客人”离开了，我们沿着干燥的松林小路行驶，突然，北方的大自然向我们“微笑”了……

北方人的生活方式与南方人的不同，北方人不像南方人那样生活在大自然的怀抱中，而是干活儿，日复一日地干活儿，长时间不关注大自然，一旦大自然“微笑”，就要高高兴兴地与大自然一起欢欣鼓舞——都不干活儿了。如果干活儿时间太多，就只能偶尔遇见大自然的“微笑”，北方人一个个笑逐颜开地生活，在微笑中，他们比在自然怀抱中的南方人能找到更多的快乐。

我们行进了几十俄里，有的人说是70俄里，一路上都是茂密的松林被完全烧毁的情景。这样的情况其实常有，一片森林生长了三百年，积攒下来大量木材。突然间，一切都被烧毁了！我们在一片烧焦的森林中沿着干燥的道路行驶，马蹄下的大地一片空荡。周围到处都是被烧焦的树干。不过，旁边也长出了一片没成熟的松树林，树木非常茂密，几乎没有任何空隙，仿佛试图尽快覆盖住黑色的树干。雨后，美丽的小树上挂满了水珠，在太阳的照射下闪动着五颜六色的光芒，每一根树枝都生机勃勃。而我，也忘记了在北方的大自然中产生的所有阴郁的思绪。我们继续前行，缅怀逝者，心中暗自庆幸自己还活着。

皮涅加人

这就是皮涅加河，皮涅加河上游的第一座村庄是科尔加。从皮涅加河顺流而下，春天的时候，它还没有莫斯科河宽，夏天的时候，人们可以蹚着河水过河。河流从上游流到科尔加，大约有 100 俄里。河流的上游还有两条支流汇入，分别是别拉亚河[1]和乔尔纳亚河[2]。别拉亚河已经开始流送木材了，而乔尔纳亚河上还堆满了木材。乔尔纳亚河发源于黑松林沼泽（黑松林沼泽是云杉林沼泽，浅沼泽是松树林沼泽）。在黑松林里有一处泉水，是乔尔纳亚河的源头，而不远处是拉哈河的源头。乔尔纳亚河经过皮涅加河汇入北德维纳河，拉哈河则直接汇入北德维纳河。河流的上游位于北部地区，很可能常常隐藏在黑松林沼泽中——云杉林大大延缓了积雪的融化进程。河流的上游往往都很美，或许它们应该受到特殊保护。这些河流的起源故事都很神奇。有一条拉霍马河，它起源于皮涅加河附近的丘罗夫斯卡亚黑松林沼泽地带。当小河冲毁森林、大木头倒在河里时，在原来的废墟上会长出来新的树木。当小树长成参天大树时，在这片林地上又会像从前一样长出苔藓，苔藓下面是奔淌着的河流……

1　原词为 Белая река，汉语意思为白色的河。——译者注
2　原词为 Чёрная река，汉语意思为黑色的河。——译者注

几个世纪以来，皮涅加河沿岸的居民一直被称为皮涅加人。在我们看来，这些皮涅加人在他们的生活中反映出了森林里斧头最高的简便性和实用功能。不久之前，斧头还是在当地林业中唯一通用的工具——用斧头砍树，用斧头做木板，用斧头建造木屋，甚至都不用一个铁钉，还有各种各样的工艺制品，都是用斧头制作的！皮涅加的技术革命是由女人们拿着锯子对抗男人们使用斧头来完成的：两个未经训练的女人用锯子可以轻松地与一个笨拙地使用斧头的老师傅对抗，尽管这个老师傅是从他们祖先的数百年经验中获得了技能。最近，在皮涅加出现了一个带轮子的交通工具，而人们以前都认为穿越泥泞、沙地和苔藓地的最好选择是坐雪橇，即使夏天也如此。直到最近，当新的农庄开始建设时，皮涅加人才开始放弃狩猎并开始经营农业。在此之前，他们对农业一无所知，根本没有鸡（以前他们也没有喂鸡的谷物），更没有猪。有一种假设是，对挪威森林的砍伐影响了墨西哥湾暖流的流向，而在我们北部的许多地方，当庄稼无法成熟时，就停止耕作了。在皮涅加地区，已经有十年左右的时间人们不知道农耕为何物。而在以前，皮涅加人打猎、漂流运送木材，并用所得收入购买他们所需要的一切。

到了成立集体农庄的时候，科尔加地区的村民没有注意到已经发出的富裕生活的信号，而称自己为“穷人”。现在他们每个人都在嘲笑“穷人”，尤其是因为“穷人”的主席瓦西里·帕夫洛维奇·切连多夫是一个文盲。

科尔加人以前在距离别拉亚河沿岸的村子100俄里处有猎场，

到了9月，整个村子的村民都划船去打猎。现在集体农庄只分配了五个为全苏毛皮进出口公司工作的猎人。有谁不愿意去毛皮进出口公司，却愿意被分配到别的机构当一个好工人呢？所以，这些现在做着平时最喜欢的事情——打猎的人，可以被称为幸运儿。森林里的鸟儿在鸣叫，如果猎人们不去打它们，其他的生物因素会调节森林里鸟兽的数量。

“您生活得怎么样？”我问这个主席。

“不怎么样，思想觉悟妨碍了我。”这个目不识丁的人回答我。

我们很惊讶在皮涅加看到有这种“聪明反被聪明误”的人，但这个主席很快给我们解释了他所说的“思想觉悟”：

“居住在皮涅加的人，都是有思想觉悟的，因为我们应该在国家艰难时期支持国家的工作。”

当我们抵达村庄时，春水已经淹没了冬天的庄稼，这里用木头建的浴室数量众多，几乎每个房屋主人都有自己的浴室。一个因不习惯骑马而筋疲力尽的人，在这样的浴室里，从加热的石头中获得温暖是多么令人高兴的一件事。我们蒸洗过后，走出蒸汽浴室坐在圆木上淋浴。年轻的别佳热得受不了了，他全身红得像只小龙虾，跑出去跳进了蓝色的河水中。

我们决定到村里走一走，拍一拍村民安置在自家房屋顶上的玩具，有飞马形的，有鹿形的，都是用斧头砍成的。为什么一个人在那么繁忙的时候，还能拿起斧头，用木头制作出这么奇异的东西呢？我们得到的答案是，制作这些屋顶木雕的目的是防止屋脊腐烂和屋顶被风掀起来。

当然，这样的解释是不够全面的。要想保证房屋的实际用途，也可以用其他手段来实现。不过，艺术性在这种情况下其实是隐藏在实用性的背后了。看来，真正的艺术总是含蓄的，就如人的本真一样。

所有人都愿意在村庄里拍照。我随身携带了“莱卡”牌相机、望远镜、保温瓶，还有一把“海姆”牌三管猎枪，无论是打子弹还是霰弹都一样好用。聚在我身旁的，无论老少，都对我带的这些东西表现出了首都人所没有的虔敬。但是要想满足所有人看望远镜的愿望可不容易，得教每个人学习使用棱镜双目望远镜，才能让他们把望远镜放到合适的位置。好在女人们对此不感兴趣，因为有一个机智的小伙子对她们说用这个望远镜能看透人心，然后，这些年轻的女人就尖叫着跑开了。

索格拉村往事

一片长满了弯弯曲曲云杉树林的沼泽地区就是索格拉。索格拉还是皮涅加河旁一座村庄的名字，村里设有高尔基村委会。索格拉村接到了上托伊马区委会秘书打给村委会主席的电话，让村委会主席一定要给我们提供去密林旅行的物资——大渔船、煤油炉、猪肉和黄油。多亏了秘书打的这个电话，我们还没到科尔加的时候，派给我们的渔船就到了。从科尔加到索格拉，我们沿着春天湍急的水流行驶了一小时，正好赶上河流春汛期，我们的船就在村委会房前靠了岸。在我们到达的前一两天，有一艘来自阿尔汉格尔斯克的轮船是汛期最先到达这里的。很长一段时间以来，迎接轮船成了索拉格春天里最重要的节日之一，人们在这天盛装打扮。现在皮涅加这个地方的女人们喜欢穿时髦短裙，她们已经不好意思再穿古老的服装，那些用银线缝制的、装饰着珍珠的精美发饰和家庭手织布做的色彩绚烂的无袖连衣裙“萨拉凡”静静地躺在箱子里。从船上下来了一位稀客，他是上托伊马区执行委员会主席萨温。我们非常荣幸遇到边区领导，这相当于欧洲国家同级别的人物。和领导在一起的，是村委会主席，他的身材非常挺拔和笔直，就好像在身体里植入了支撑稻草人身体的金属杆。

“我是陀斯塔瓦洛夫。”他自我介绍道。

人的重名情况时有发生，你甚至都不知道该如何来解释，在名字不被允许公开大声说出来，更不可能打印出来的年代，有名字的人世世代代是如何生活的。

“您的姓非常好，”我说道，“用不着改。”

“是的，没必要改。”陀斯塔瓦洛夫回答道，“我们那儿的索巴奇金想要把自己的姓改成马里宁，却出现了那样的情况：文件上显示是马里宁，但是大家还像往常一样叫他索巴奇金，所以他摆脱不了‘索巴奇金’这个姓。”

“怎么摆脱不了呢？去别的地方不就行了？”区执委会主席说。

“他带着那样的家庭到啥地方还能东山再起呢？他摆脱不了‘索巴奇金’家族。”

后来，我终于从陀斯塔瓦洛夫的话中听明白了，为什么古时候人们世世代代传承着不雅的姓氏，因为他们那时候就一直在当地生活了。

来到村委会后，我们向区执委会主席说了我们的打算，我们想找一片完全没有被砍伐过的森林。早前在来的路上就有很多人跟我们说了关于贝林杰耶夫密林的事情。

我们说：“我们住在首都，跟林业完全没有接触，但当我们来到此地，发现这里的锯子刚开始着手为自己争取和斧头一样的‘公民权’，车轮第一次为自己开辟道路，我们感到非常奇怪。我们还是应该去更远一些的地方，寻找原始森林。难道在附近找不着这样的地方吗？那我们就在这里看一看，然后继续坐渔船沿着皮涅加河去阿尔汉格尔斯克。”

村委会主席说：“怎么才能在近处找到尚未采伐的森林？如果说去年78个木材基地开采了600立方米的木材，那么今年开采同样数量的木材岂不是需要90个基地？很多地方不得不开始进行第三次择伐，然而各种专家和鉴定者却像寻找稀有野兽一样寻找特殊用途的森林，真是开玩笑！”

“去贝林杰耶夫密林不行吗？”我们问道。

“到密林简直太难了！”村委会主席叫道，“要想到那儿，就得从皮涅加开始铺一条铁路，这至少要花十年时间。这就是一个梦想！”

于是我们开始梦想，每个人的梦想都不同。关于密林，他想到的是圆木，而我幻想的是贝林杰耶夫密林。突然，区执委会主席好像理解了我，开始给我讲从皮涅加到索格拉这一路上的奇闻异景。他说有松鸡卧在落叶松上，猎人从轮船上开枪，松鸡就掉到了甲板上。一只松鼠本来打算过河，当它看到轮船后，就沿着河岸跑了起来，当它再次准备过河时，又看到了轮船，就又开始沿着河岸跑，如此反复……

物资供应处的人将我们安顿在食堂旁边，这是一个还不错的房间。因为房间里没住过人，所有的东西都冻住了。我们还算幸运，炉子上的风挡不见了，附近哪儿都没找着。现在正值春季，炉子没有风挡就更容易烧热屋子。虽然我们的房间旁边是食堂，但恰好我们来的时候管理部门出了些问题，食堂就因为缺少食物而暂时关闭了。一个叫尤拉的十五岁女孩被临时任命为食堂负责人。

尤拉迎接我们时说："你们的猪肉被运走了。"

"怎么运走了呢？"我们问道，"难道供应处没通知你们我们要来吗？"

尤拉回答道："通知了，我们大家都一直在等您。安吉皮耶夫娜还专门写信说最近有一个不知名的作家要来这儿采风，估计他也不会写出很多意义重大和不朽的作品流传于世。"

"这个作家不会是一个反基督者吧？"我问道。

"对对！"尤拉激动地应声道，"作家是一个反基督者。我们迫不及待地等着他来呢，可猪肉到底还是让人给运走了，现在我们这儿什么也没有了。"

这要是在森林里，我们有米，可以打只松鸡，然后煮点儿粥喝，还能捕到鱼做鱼汤。可在这里居然有人从我们手里抢走了猪肉，这件事必须得弄清楚！我们派人去找陀斯塔瓦洛夫，他带来了区执委会主席。我们站在门廊处想着这件事。陀斯塔瓦洛夫说，供应处有猪崽，可是供应处的主任不在，如果区执委会主席书面同意，就可以宰杀猪崽……区执委会主席想了想说，是应该招待来自首都的客人，但问题是，他自己是否可以不经供应处主任的允许就同意我们杀猪崽。这时，村里的孩子们朝我们这边走过来。

区执委会主席若有所思地琢磨着这个复杂的猪肉问题，他看着朝我们走过来的孩子们说道："真健壮啊！"

当人们放弃打猎生活，打算过粗茶淡饭的生活时，孩子们怎么可能长得既结实又健壮呢？可是这些孩子看起来非常开心，他们刚从电影院里出来，用那种像是提到原始人或者某种剑齿象时的腔调给我们讲，他们在荧屏上看到了资产阶级分子。

我们说："这是你们从电影里看到的，难道你们不记得你们村里的资产阶级分子了？"

孩子们说："电影里说的是发生在以前的事情。"

确实，我们的生活永远在变化。陀斯塔瓦洛夫低声说道："看来资产阶级元素还没彻底肃清啊……"

听了陀斯塔瓦洛夫的话，区执委会主席从沉思的状态中恢复过来，他从便签上撕下一小片纸，写上了什么东西，然后把纸条交给陀斯塔瓦洛夫，对他简短地说道："杀猪吧！"

他们决定好好招待一下我们。我们住的房间里挤满了女人——除了尤拉，还有负责打扫卫生的丽萨，她带着女儿一起来了。通信员玛莎也来了，她正在试着给我们弄点鸡蛋来。最重要的是供应处的女售货员，共青团员卡佳也来了，她好像可以给我们做猪肉饼。

"好的好的，我来弄我来弄！"卡佳如金丝雀一般叽叽喳喳说个不停，"我们供应处还有月桂叶。"

"月桂叶是用来做鱼汤的吗？"我们不太确定地问道。

"用来做肉饼也行，"金丝雀回答说，"不管做什么，月桂叶都好用。"

很快大家便开始忙碌了起来，所有人看起来都那么可爱。这些勤劳的双手让我们有了家的感觉，真应该休息一下啦！丽萨给我们生了炉子，她是一个聪明、沉着的女人，她的女儿也帮着她干活儿。

“您和您女儿在一起很愉快。”我们说。

“确实是的！”丽莎回答道。

“要是给她一块小劈柴，她也能玩一会儿。”

“您说对了！”

丽萨跟我们说，以前他们这里的女人只做家务，只有男人去工作，现在出来工作的女人比男人要多。

“而且，女人现在可不是奴隶，她们是独立的，如果她们愿意，就可以在任何时候从家里出来，离开自己的丈夫。”我赞许地说。

“是啊！”丽萨说道，“只要想走，随时都可以走。但是要知道，男人们随时想走也可以走！”

当我们跟丽萨说起安吉皮耶夫娜，以及她的关于作家和反基督者的言论时，她惊呆了。

丽萨说：“我们现在已经弄清楚了，安吉皮耶夫娜本人现在什么都不相信，只会编瞎话。现在教堂关闭了，没有信仰了。”

“村里的教堂关了，信仰就没有了？”

“是的！教堂关闭了，祷告停止了，信仰没有了！就是这样！”

正在这时，愤怒的玛莎闯入屋中，她给我们看为数不多的鸽子蛋，并生气地说，安吉皮耶夫娜想用一卢布买一个鸽子蛋。

我们用了一天的时间在住处安顿下来，取暖，吃饭，休息，甚至还有时间和领导们一起去田里，观看优秀集体农庄“红旗手”

的劳动。当然，我们要理解这里的田间劳动和田地本身与我们那里的农作条件不同。在这里，那些从家务劳动和狩猎中解放出来的女人一心扑在集体农庄的工作上，不惜一切代价也要做好农庄的工作。前不久刚从森林里划出来的那块土地可真不一般，春天的溪水溢满了坑坑洼洼。那片土地上有很多小湖泊，每个湖泊之上都有野鸭在游泳，河岸旁还有竖起五颜六色翎羽的流苏鹬在打架。野鸭，甚至是绿头鸭，都不是很害怕我们，它们先飞起来，然后落在离我们很近的一片水洼中。我们最喜欢的狩猎活动在这里失去了所有的意义。唯独有些不好意思的是，在有狩猎环境的条件下，我们本来可以通过自己狩猎吃上肉，却麻烦村委会给我们杀了一头猪崽。

伊列沙河河口

如果我利用外部的刺激因素来杜撰我的旅行，就好像过去有一位非常著名的、绰号是弗朗琴科的作家在当时编造了自己的旅行一样，那么我的旅行也会是苍白和多余的。我不会像众多爱花人士那样，在森林里或草地上选中自己喜欢的一朵花，折下来，然后带走。众所周知，如果你从自家花园摘一朵花放在家里，那么这朵花就有了与其长在花园里时不同的意义。但我依然不会这样做，如果这样做，那么带回家的花朵就会反对我。无论选择一朵花还是猜透它们的意思有多难，我都不会这样做，花朵自己会说话，既是说它自己，也是和花束中的其他花说话。所以，当我思考每一个我描写的人物的名字时，我首先想到是否要保留他们的真实名字。在大多数情况下，我会保留他们的真实姓名，比如陀斯塔瓦洛夫，那个索格拉村委会主席。我也想保留我的密林向导的名字——奥西普·亚历山大罗维奇·罗曼诺夫。他是陀斯塔瓦洛夫引荐给我的。陀斯塔瓦洛夫认为他有责任为我选择一个向导，而不是让我自己去选择。要是让我随便选一个向导，一旦出现意外情况，人们就会怪罪陀斯塔瓦洛夫。不过，“选择权”自己已经做了决定：罗曼诺夫以前就在贝林杰耶夫密林附近活动，所以他是这里唯一一位可以在密林给我们做向导的人。罗曼诺夫给我们的第一印象就是他有点儿像德尔苏[1]，这倒不是说他有张蒙古人的面庞，而是从性格上来说，他有着纯粹的森林和狩猎之类的东西。他对人极端谨慎小心，待人礼貌友好。他从不会争辩什么，如果必须要表态，他就会说："当然，您比我了解得更多，但是如果是我……"

但有一段时间情况突然发生了变化。这个"德尔苏"向我提出给他的报酬时，突然狮子大张口……他提到了明显不现实的集体农场的工作日，尽管他本人不曾在集体农场劳动过，还提到了自己为集体农场造木船挣得的工钱，虽然这样的收入不太可能。这些话居然是从"德尔苏"的嘴里说出来，简直让人难以置信，让我惊愕不已……

我们没再和他争论，但就此结束了交谈。与罗曼诺夫一起出行的计划也推迟到了第二天，我们只说了"好的，我们会考虑的"。当然，他立即感受到了我们情绪的变化，很尴尬地走了出去。当我半夜时分醒来时，我开始回想与罗曼诺夫的会面，试图理解为什么他突然分裂成两个截然相反的人——一个是"德尔苏"，一个是唯利是图的人。突然，我想起了我在卡尔卡拉狩猎盘羊时遇上的一名出色的猎手哈利，绰号"梅尔根"，源自哈萨克语，意思是"神枪手"。在一次非常艰难却又非常成功的狩猎后，我付给了他在我看

---

1 德尔苏·乌扎拉（约 1849—1908），乌苏里边疆区原住民，当过猎人、翻译和弗拉基米尔·克拉夫季耶维奇·阿尔谢尼耶夫考察队向导，详情可参考阿尔谢尼耶夫的小说《德尔苏·乌扎拉》。——译者注

来非常高的报酬，之后我就离开了。但后来我了解到梅尔根因为我付的酬金而受到了极大的侮辱，差点委屈地哭了。在他可怜的一生中，梅尔根认为我的出现是最重要的事情，他认为我是一个万能的人，我会带他走，会让他这个世界第一神枪手扬名立万。没错！他就是出色的神枪手。一个如此敏感的人，事后每每想到他无比失望的心情，我的心都要碎了！就在那天夜里，使罗曼诺夫变化的谜底揭开了——这个人不是“德尔苏”，而是“梅尔根”。

“梅尔根”一大早就来找我们，几乎哭着请求我们宽恕他昨天的行为，这让那些女人露出了马脚。就是这些贪婪的女人，跟他说了很多坏话，使他没有了主见，而是说了她们想说的话。其实他自己什么都不需要，只要给他一片猎场、一间小屋，他就不需要其他的了。如果不打猎，他就无法在集体农场生活下去。他倒是一点儿也不反对集体农场，并且准备为集体农场劳动干活儿，干多少活儿都行，只要让他去狩猎区打猎。

我们尽量让这位老人平静下来，答应给他丰厚的报酬，并且安排他继续在猎场为集体农场捕猎。

“那我现在就想加入集体农场！”“梅尔根”高兴地叫道，“我不会从您那里拿钱的，我什么也不需要，只要让我在这儿打猎就行，这样我就能为大伙儿做更多的事情！”

我们与罗曼诺夫彻底和好了，就开始详细讨论前往贝林杰耶夫密林的旅行计划。

在整个皮涅加地区，在不计其数的河口处，在几艘轮船顺着初春的河水来来回回给皮涅加人运送食物之前，木材都被围在浮栅里。当然，也可以像在北德维纳河上那样无须等待轮船，而是直接把木材放到河里流送。不想用轮船，但是那儿的轮船非常多，它们的情况不像这里那么简单。在皮涅加地区，轮船“快速”号是为纪念反白人斗争游击队首领而命名的。游击队的贝斯特罗夫可是一个知名人物，“快速”号几乎是这里唯一的一艘轮船，一年就来那么一两次，“怎能不好好爱护它呢？！”

当我们坐着自己的渔船从索拉格前往伊列沙河河口时，迎面恰好碰上了“快速”号和一艘货轮。皮涅加河的上游即便是在春季也不是很宽阔，所以一定得考虑在河湾处避让那艘笔直的大驳船。从远处看到轮船后，我们就赶快上了岸，上岸后发现居然身处某个沿岸村庄的墓地里。这片墓地看上去很悲凉！在爆发革命之前，亡者受辱的情况处处可见，从历史名人到无名的劳动者，他们都被埋葬在乡村墓地里。在我的一生中，我见过许多公墓，而这些公墓的景象尤为让我心碎。我从来没有见过，甚至都没有想到过，活着的人竟然可以把自己已故亲人的墓地弄成这般凄惨的模样。在那些歪斜的甚至是完全倒下的十字架旁，散落着一些新的墓碑。这些墓碑是用残木、木桩，削平或还没削的木头，有的甚至是棍子做成的。有人捡起散落在地上的棍子赶走了恶狗，然后将它放到坟墓前，这样就有可能在一段时间里将自己亲人的坟墓与他人的坟墓区分开……但是，这样的木棍相对很少，几乎所有的墓碑上都有被斧头劈砍过的痕迹，我们从罗曼诺夫那里了解到，这是死者的“旗帜”——猎人们在森林中自己狩猎的那条小路的树边做这样的标记，每个猎手都有自己独特的“旗帜”。当罗曼诺夫死后，孩子们就会用斧头在墓碑中间砍上长条标记，而在墓碑旁边砍上短标记，砍出的形状就像沙滩上的鸟掌——“乌鸦之踵”就是猎人罗曼诺夫永恒的“旗帜”。

正如微风轻拂，吹散了层层薄雾一样，人们心中基督教文化的迷雾也瞬时散开。然而，透过迷雾的“异教徒”的带有猎人标志的木桩都是很悲哀的样子。仅有一座正常的墓没有木桩，它孤零零地立在那里，墓碑上有一块小牌子，上面用铅笔写了几行字。我们捡起牌子读出来：

这里埋葬着共青团员娜塔莎，

她在田野中被雷霆之箭残忍射杀。

同志们！作为纪念，

娜塔莎给你们留下了女突击队员之书。

浮栅（二）

在等待轮船的时候，从河流上游漂浮而下的圆木不断向浮栅漂过去，它们有的沉入水中，有的翘起来。自上游河口往下游绵延几公里，密密麻麻挤满了木材。不仅人们可以在上面行走，有时候连刚从熊窝里出来的熊也能沿着圆木从一端走到另一端。

就在我们到达伊列沙河河口的前一天晚上，有目击者说，有一只熊好像从伊列沙河的对岸过河来到了这边。

我们在伊列沙河河口上岸后，就去了码头办公室，想见一见浮栅管理员，跟他谈一谈木材流送的事。如果有可能，再闲聊两句，聊聊松鸡昂头开屏求偶的问题，还有那天夜晚通过浮栅蹿过来的那只熊，据说还吓坏了守夜人。此外，我们还需要请一个木材流送方面的行家，帮助我们坐船，沿着当地最湍急的河流——科达河向上航行。办公室里的人对我们说，浮栅管理员雅古什金洗蒸汽浴去了，他们会告诉雅古什金我们的请求。与其在闷热、挤满人的铁皮办公室中等雅古什金，还不如去伊列沙河河岸走走。来到岸边，看到圆木对浮栅造成如此巨大的压力，我们都惊讶不已。岸边的森林有些昏暗，洁白晶莹的雪花片片撒落在岸旁，高大挺拔的落叶松威风地矗立在岸上。在这片散乱的森林里，静静地流淌着一条宽阔的黄色河流，层层圆木漂浮在河面上，一眼望不到边，即便用望远镜也看不到尽头，只能看到在岸边劳作的人们，多数是女性，她们从岸上用钩杆把干裂的圆木抛到河里。

“当然，您用望远镜能看得更清楚些，”奥西普说，“看！那儿是不是一只熊在圆木之间爬来爬去？”

我们把望远镜对准了奥西普所指的地方，结果发现那不是熊，而是一个人在圆木上奔跑。借助圆木，他在河湾处少走了不少路。渐渐地，人们看清这个人没有戴帽子，脸颊通红，像虾一样，甚至能够明显地看到从他身上冒出的水蒸气。

“雅古什金！”奥西普认出了这是管理浮栅的负责人，“你们瞧见了吗？据说他还是个领导呢，直接从浴室里跑出来了！真是个庸俗的男人！快看，他的身上好像还冒着热气呢！”

很快，这个奔跑着的中年男人的面庞便进入了大家的眼帘，他圆润的面庞洋溢着愉悦的表情，看起来十分和善。这让我想起了自己在文学造诣上颇有成就的那几年，带着手稿，也像他这样跑着，跑去找沙皇时期的出版商，丝毫没有意识到自己为什么这么快乐天真地、上赶着地贬低自己。

“庸俗的男人！”奥西普重复道。

雅古什金的嗓音尖锐高亢。他迫不及待地告诉我们关于那只熊的事，也就是那天晚上不知道怎么就蹿到伊列沙河这边的那只熊。正当那只熊越过浮栅的时候，当地浮栅管理处的面包匠恰好走到松鸡求偶的那块地方，发现远处有一群鹿，便悄悄朝鹿群潜了过去。熊也发现了鹿群，也开始偷偷向鹿群靠近。但是面包匠和熊彼此都没有发现对方，最后在小路上碰了个正着。然后熊后爪着地立了起来，面包匠因为恐惧愣在了原地，无法举起手枪，手枪却突然自己击发了。

“那后来呢？”我们问。

“熊害怕了，就被吓跑了。”雅古什金回答说。

“真是一把好枪，”奥西普说道，“要是没有面包匠，没有这一枪，您可就危险了！”

“说得是啊！”雅古什金回答说。

你无法衡量这个男人身上那种淳朴的善良，他什么都会干，对当地的事物无所不知——大到棕熊，小到白色苔藓上可食用的黄色小蘑菇。

“这些细长的黄色小蘑菇长得真不错！”他对这些蘑菇满意极了。

雅古什金这个和善的男人让我们很高兴，于是我们也努力向他展示我们自己的好东西。我们拿枪给他，让他射击一次，结果他非常出色地射中了目标。但是望远镜他却摆弄了半天也没摸出个头绪。用肉眼是看不到流送木材的工作场景的，当他听到我们说他应该清楚地了解工人们是否都在干活儿，是否都在按照要求干活儿的时候，他感到非常惊讶。他把望远镜架在眼前，别佳一边帮他调准望远镜，一边不停地询问：

“看清楚了吗？”

当望远镜中的画面开始变得清晰起来时，雅古什金也因为高兴和吃惊而激动起来，别佳终于明白应该怎么使用望远镜了。当雅古什金在眼前架好了望远镜，木材流送的工作场面清晰地呈现在他的眼前时，突然……

他把望远镜放下来，叫嚷了一句自创的骂人话“他妈的”。他撇下望远镜，一边叫骂着，一边想冲到前面去告诉工人们应该怎么干活儿。可是当望远镜中的画面消失后，他疑惑地回头望着我们，既像是一个被突然叫醒的人，又像是一个被突然打落眼镜的人。在意识到事情的原委之后，他朝我们笑起来，但脑海中依然想着刚才的画面。

我们又给他看了一次望远镜。当他第二次用望远镜观看远处木材流送工作的场景时，他又冒出了那句骂人的话。当他第三次看完后，他终于相信了画面的真实性。然后，为了走近路，他直接踩着圆木向工人们飞奔而去。

“庸俗的男人，”奥西普望着他远去的背影，微笑地说道，“他会保管好这些浮栅的，不用给他奖励他也会很高兴，如果他破坏浮栅，那么他即使受到惩罚也不会觉得自己委屈。”

我们和那个因为枪走火、子弹射到天上而从熊口脱险的面包匠住在了一起。他的小木屋坐落在皮涅加河高岸的落叶林中，时不时会有松鸡飞到松树上。我们猜测，这些松鸡已经下了蛋，刚从巢里飞来不久，到这里觅完食后就飞走了。载着工人的小船不断从伊列沙河到达面包匠这儿，工人们拿了面包后乘坐小船原路返回，回到浮栅工作场的简易木房里。我看到有一根圆木先是浸入水中，然后突然从伊列沙河的浮栅底下冒了出来，又漂进了皮涅加河里……

我想，这根圆木会先游过整个皮涅加河，然后再顺着北德维纳河漂流。它很有可能会漂流到博布罗夫斯基那里的浮栅码头，那里的浮栅采取机械化运作，工人们工作时需要盯着机器，脚不会被弄湿，饮食也比较丰盛，可以和工程师一起吃一样的午饭，午饭能吃好几道菜。这根圆木会在电灯的照耀下告诉人们，在原始的浮栅中工人们是如何生活的。

“景色不错吧！”我身后传来一个带着西部口音、略显讽刺的腔调。

我回过头一看，发现身后站着一位拿着大面包的老人。看得出来，这是一个做木材流送工作的白俄罗斯劳动移民。我能理解他那种讽刺的语调，所以平静地、不动声色地指给他看我们对面那根漂浮在河面上的圆木。这位陌生的老人一改他讽刺的语调，开始认真地跟我介绍这根圆木：这可能是一棵松树，树梢有尖削度且多枝杈，这就意味着它含水量大，圆木的顶端部分都浸在浮栅下面。其实说到圆木讲故事，只不过是诗意般的梦想罢了。如果人都默不作声，那么圆木自己是不会讲话的。

现在我和这些工人一同上了小船，准备返回浮栅工作处。我略微有些尴尬，但是幸运的是，我遇见了一个林业站的负责人，一位蓄着灰白胡子的老游击队员。当他知道我想看看那些从事木材流放的工人是如何生活的，就表示非常愿意带我去了解工人们窘迫的生活环境。

250个人被塞在7米乘9米的空间里，除此之外什么东西都没有。最不像话的是，小伙子和妇女们成对儿躺在板床上，那些被集体农庄派来代替工人的半大小姑娘则躺在板床下面。

人体的分泌腺和热量温暖了这个简易的小屋。小屋旁边有一片树林，林中有一条堆满了木材的小河，还有一群工人，他们可以用圆木在一天之内建起一个温暖又宽敞的简易木房。工人们的领导曾经是一个游击队员，为人类能过上更好的生活而奋斗。

“这关游击队员什么事儿？《森林法》规定了，不能用圆木建造春季流放木材工人居住的简易木屋。圆木不能用，而木板同样搞不到。”

“这是哪个法官制定的法律……”我们说道，“如果有一个头发斑白的老游击队员为了帮助工人，违反《森林法》的规定，用那些不合格的，甚至是被淘汰的木料建造了宽敞的木屋，难道法官还能给他定罪吗？”

游击队员回答说：

“这两天区执委会主席也来了，情况他也看见了，但是啥也没说……”

“我会把这些都记录下来的。”我说道。

“您可一定要写出来啊，这是您的职责，写吧！”游击队员真诚地恳求道。

“这样的话，您可能会因为这件事而被曝光。”

“那太好啦！”游击队员愉悦地说，“您干的是件大事儿，我们也不是孤军奋战，正好也做给那些人瞧瞧。”

参观完工人们的小木屋后，我们跟着伊萨科夫去找面包匠。老游击队员还跟我们讲了过去很长一段时间在皮涅加河上与白军打仗的事情。从他讲的故事当中，我们不但获得了狩猎知识，而且得知猎人小屋也在当年的战斗中起到了特殊的作用。

科达河

在我们动身之前，领导们聚集在面包匠的家里，讨论派哪一个木材流送工人陪我们沿着科达河航行。我们需要一个力气大的工人，因为科达河是当地所有河流中最湍急的河流。逆流而上是行不通的，简直困难至极。他们提了几个木材流送工人的名字，都是些力气大的。但是当我提出，除了力气大，向导还应该是一名不错的猎人时，备选名单中就只剩下了两个人——亚历山大·古宾和巴维尔·卢申。我又补充说，向导最好还要能说会道。那么卢申就不合适，只剩下古宾一个人了。但是对于古宾这个人选，大家的意见出现了分歧。林业站主任说，他跟古宾一起做木材流送工作的五年间，从来没听他说过一句话，雅古什金则表示他听到过很多次，他还说有一点很重要，就是如果好好跟古宾说让他做什么事情，他都会照做，他也会由此比较健谈。

“到时候跟他好好说，他会给你们带好路的。如果你们主动问他，他就能说话，要是不主动问他，他可能就比较沉闷。”雅古什金说。

“这样就太好了。”我很高兴，就提出了最后一个条件，希望跟我们同行的工人是个好人。

“人要身体强壮这没错，还得能说会道，也很好，但是关于他这个人是不是好人，就没必要想了，短时间内我们看起来都能很好。”奥西普说道。

大家都同意这一点，我们分完行李后，便沿着伊列沙河河岸旁的小路出发了。奥西普去找古宾，许诺带他抄近路穿过森林，直接去科达河边。

在到达伊列沙河和科达河的交汇口时，我们已经走了两俄里。宽阔的河面上排满了黄色的木头，好像酒窖里陈列的酒一样，空气中弥漫着松木的味道。在科达河河口处，一排排的圆木不见了，而漂浮在科达河上的圆木好像流动的浮冰。河水急速落下去，河岸两旁木材流送工作进行得如火如荼。奥西普和古宾早已撑着小船在那儿等我们了，年龄大一些的奥西普拿些轻便的东西，古宾则给我们带路和拿其他的东西。

当然，年轻的别佳负责划小船，但是我们三个人同时在小船上也无法干什么活儿。如果古宾一直沉默不语，那么我这两天应该干什么呢？在小木板上干坐两天？甚至有可能是冒着雨在那儿坐着，同时要尽量避免因剧烈的活动而导致小船失衡翻船。现在一切都取决于古宾，要知道大作家不会像到克里米亚和高加索一样到这儿来旅行，更不会像在阿拉格维河河谷那儿一样回忆魔鬼。这里，只有一个朴实的当地人，以及一个不知名的诗人，诗人带着自己的民间故事和口头文艺作品，将成为揭开大自然奥秘的唯一的一把钥匙。古宾会开口说话吗？还是仍然不打算开口，只是做一个沉默的向导？不过从他的样子来看，他还是想保持沉默。他的脸很圆，鼻子很翘，眼里闪出谦虚庄重的目光，力气大的人好像差不多都这样。对于力气大的人，除了这些，我们不能也没法要求得更多。

为了使桨能撑到水底，我们紧紧地贴着河岸航行。我望着河岸，春季河流中那一幕幕熟悉的景象映入眼帘——鹡鸰在水边跑来跑去，在水边的沙地上留下自己的"字迹"。此时何不趁机考考古宾……

"亚历山大，你明白它们在干什么吗？"

古宾看着这一大片鹡鸰用脚写出的"字迹"，实诚地回答道：

"稍等，让我看一看。"

然后，他灵巧地把小船划进一个小水湾，用桨撑住了小船，开始仔细思考沙子上那些鹡鸰创造出的"象形文字"，又仿佛聚精会神地一边倾听着，一边准备回答问题。现在我基本上已经非常理解他的行为模式了：如果你不问他，他是不会说话的，如果你开口询问，他可能会说得多一点儿。或许，为了完成奥西普热切的请求，他就有生以来第一次开始说这么多话，当然，他说出的话都是北方短句[1]的那种形式，在最后一个音节上语调有点儿半问句的感觉。

"伊列沙和科达"是两姐妹，

伊列沙的河水很湍急，

因此科达河的水流得也很急。

---

1 北方短句属于苏联方言的一种语言形式，译者在文中以能表达完整意思的简短语句来翻译原文。——译者注

小鸟在水边跑来跑去，

小鸟的小爪子，

在沙子上留下一排排“字迹”。

鸟儿们早上写，晚上也写，

晚上的“字迹”稍微浅一些。

第二天“字迹”变得更浅。

鸟儿们写着写着，就写出了一本书。

科达河太着急了。

急着追赶它的姐姐伊列沙。

回答完我的问题后，古宾迅速把船从小河湾里划了出来，像什么也没有发生一样，开始推船，以防撞上圆木。别佳在古宾回答我的问题时，强忍住笑意，朝我使了使眼色，示意我不要再问了，否则我们永远也到不了目的地。而我却试图找到一种办法，想让古宾说话的时候连贯些，不要一个词、一个词地蹦，或者只说半句话。

沙子上有些脚印，看起来像是水獭留下的。我问道：

“这是水獭的脚印吗？”

“是的。”亚历山大说道。

很快又发现了这样的脚印。

“是另一只水獭的吗？”

“不是，是同一只的。”

我们行驶了很长时间，一路上都能看见这种脚印。

“还是那只水獭的吗？”

“还是同一只的。水獭的活动范围很广。”

“这好像是一只驼鹿的脚印？”

“驼鹿的活动范围很窄。”

“那松鼠呢？”

“松鼠的活动区域也很广。”

“那松鸡、黑琴鸡呢？”

“它们的生活范围窄。因为鸟兽的习性不同，一些鸟兽喜欢去远点儿的地方觅食，另一些喜欢在近处觅食。人类就像鸟兽一样，有的生活活动范围很宽广，有的则很狭窄。”

“没错！”我说，“那你们皮涅加人是怎么生活的？生活活动范围是宽还是窄呢？”

“以前我们皮涅加人的生活活动范围很宽广，皮涅加人能带着一把锯子走遍天下。而现在我们的生活活动范围很窄。皮涅加人已经不去打猎了，他们在集体农庄劳动，干木材流送的活儿。女人们带着锯子出去干活儿，现在她们的活动范围变宽了。”

听古宾说话的感觉很奇妙，有时也会让人懊恼：如果世界上所有的人都成为诗人，用诗歌那种短句形式来回答彼此最普通的日常问题，那么世界会变成什么样啊！刚开始的时候，我认为像古宾那样说话太简单了，当我和别佳试着这么说话的时候，发现效果不怎么好，看来是受古宾影响的结果。

我们在一个叫马拉亚的村庄里过夜，其实就是建有木材流送工人住所的河边缓坡。距离带大窗户的木屋不远，有一座带小窗户的猎人小木屋。森林里到处搁置着砍伐下来还没有被运走的木材。一等木材是圆木，准备出口的；二等木材是树梢、树枝部分，枝杈较多，这些木材在国内市场上是不值钱的。有一些还没有被剥皮的木头躺在地上慢慢腐烂，把那些没有被锯倒的树木也感染了。在这片森林的废墟和混乱中，我注意到了一所新建小木屋的大窗户，它与周围老木屋的小窗户形成了鲜明的对比。我感觉到，在这片破败的森林中,这一切抗争便有了意义——为了拥有一扇大窗户而抗争。我认为，不应该用肥皂的数量来衡量文化的程度，而要用屋内阳光的多少来衡量文化的程度。因为如果肥皂生产出来比较便宜，那么所有人都能把自己洗干净，但一个为了房间里的阳光而放弃食物的人会更高级。我尝试告诉古宾这个道理，就对他说：

“大眼睛的人比小眼睛的人更漂亮。有大窗子的房子也更漂亮——光线好，什么都能看见！”

夜晚很凉爽，更幸运的是，还很明亮。在北方的森林里，在北方的河流上，一切事物都依赖于阳光。河边的缓坡开始慢慢变绿了,大片野生黑加仑的幼芽逐渐饱满起来,散发出阵阵清香的气味。我们在屋外的河边生起火,奥西普忙着烧火和煮粥,而古宾在休息。现在我们不像在路上时感觉时间那么紧张了，只要突然想到什么，就会去问古宾。

当地人把高一点儿的河岸称为高岸，低一点儿的称为低岸。你会一直听到有人说“拉特纳亚高岸”和“梅德韦日低岸”。别佳问古宾，这个“低岸”是什么意思，高岸和低岸又是怎么形成的。

古宾回答道：

“河水奔流不息，冲刷着河岸，河岸就慢慢变低，树木和沙土的高度也随之下降。河水将沙土带走，然后又把沙子冲到河边，在沙土上长出了草，就这样形成了高岸和低岸。”

我们得知古宾在皮涅加河上工作了很长时间，从河流上游到下游，所有的陡坡高岸和绿色的低岸缓坡他都非常熟悉。但是有一个比高岸还要漂亮的地方他却没去过，那里有一个修道院。

在高岸上有一个修道院，
走不上 15 俄里，
就能看见！
超过 15 俄里，
什么都能看见！
高岸下流淌着一条河，
河上行驶着货船，
货船的上方是绿色的草地，
人们在草地上割草。
高岸太高了！
悬崖陡峭，峭壁险峻，
那些红色和白色的山：
白色的山上石灰在燃烧，
红色的山上有孩子们玩耍的哨子。
河里有许多鱼，

还有一条大鲑鱼，

它的鱼子可真大！

古宾就这样在饭前和饭后都给我们讲了这个神奇的皮涅加的故事。天色已黑，但不会变得更黑了，只见远处掉在河里的一棵连着根的大树渐渐映入我的眼帘，越来越清晰。它的形状有点像蜘蛛，又有点像长着无数条长须子的甲壳虫。光线均匀地射进这个短暂的夜晚。我第一次在这里听到了布谷鸟的叫声，但它叫得却不像我们那儿的布谷鸟。不知为何，这里的布谷鸟的叫声突然变大，响彻整片松林。就连奥西普这个非常习惯丛林生活的、能够区分昆虫和毛刺的人，也指着科达河上这棵被连根拔起的树，诚恳地说：

“这好像是卷须猴头菌。”

在篝火边晾干衣服后，我们砍了很多树枝，在简易木屋里给自己铺了床。在冰冷的床铺上，大家把碎布、外套盖在身上，然后安心地睡着了。

狩猎之地

从岸边的树木被森林里的河流冲倒的那一刻起，河流就开始了肆意流淌。我们继续沿着科达河行进，发现前方有一个养护河流的人，他在清理河流上的障碍物，以便圆木和平底船通过。如果没有人在河上干这种活儿，无论是乘船还是在岸上步行，都无法到达科达河的上游。树木杂乱地漂在河面上，河水就像受惊了一样猛地冲向一边，又一次将岸边的树木冲倒。被冲倒的树木杂乱地堆在开阔的空地上，逐渐形成了沼泽。这块不太好通行的地方被称为“拉马”或者“扎纳沃洛卡”。在这种地方有时不仅无法划小船，甚至都搞不明白河水的流向，也不知道河流的主河床在哪里。

猎人们走的路径是避开这段未加清理且变幻莫测的河水，沿着离科达河不远的左侧河岸行驶。但是推倒树的罪魁祸首不仅仅是河流，狂风也没少助纣为虐，经常把参天大树刮得横着倒在路上。为了方便我们赶路，这些倒下的大树大部分都被行人劈断了，我们也将刚被推倒的树木砍断。当然，直接从树上翻过去比把树砍断容易得多，但前人栽树后人乘凉，我们也要为将来走这条路的人提供方便。

我问奥西普：“那你自己呢？你是怎样开始自己狩猎生涯

的呢？”

“就和第一个在森林里打猎的人一样，”奥西普说，“这我倒是可以和您说一下我的经历。我在科达河上的狩猎地盘是我父亲留下的，而我父亲是从我爷爷那儿得到的，再往上追溯大概可以到……”

他还提到了一种不会害人的灵物，那是火灾和时光的产物，在民间被称为“森林精灵”——一个黑色的幻影，有胳膊有腿，甚至还有会发光的三角眼，这双眼睛闪烁着森林深处难以言喻的美。这是很久很久以前被烧掉的森林最后的遗迹，它的周围已经是全新的树林了。

“那么，”奥西普继续说，“我的爷爷说过，他的父亲，也就是我的曾祖父遭遇过火灾。我继承父亲的衣钵进入科达河流域，但是我叔叔那个老头赶我走，不让我在科达河地区生活。他说：‘行了，你在这地方也待过了。你还年轻，可以到外面闯荡，而我已经老了，你去贝林杰耶夫密林吧，那里猎物很丰富。’然后我就去了贝林杰耶夫密林。等我们到了贝林杰耶夫密林，我就带您看看我的小木屋和小储藏室。我经常待在密林里，在我砍过树木的地方，小白桦树已经长高了，而且长得很好。”

当奥西普说话的时候，古宾大概一直在思考我刚才问的那个问题——如果一个人在森林里不走老路，那他能在何处选取自己的道路和地盘呢？过了一会儿，古宾好像是想明白了什么，就在奥西普说完后接话道：

“人们在森林里一般会根据流经的小河和刮来的风选取一个合适的地方，然后用斧头在树上砍出一块属于自己的标记，之后说：‘这是我的地盘了！’”

“看！这就是我的标记！”奥西普说话了，“这些标记是我当年在科达河边待着的时候砍的。这个乌鸦爪就是我的标记，这些新的标记是我叔叔那个老头砍的，是他把我赶走后自己再砍上去的。”

乌鸦爪是奥西普的标记，凿在树上就像乌鸦在沙地上踩出的爪印一样，爪子标记中间砍得深，两边砍得浅。那个老头在同一棵树上也做了属于他的类似于楔形文字的记号。除此之外，他还单独为年轻的猎人用箭头做了标记，年轻的猎人当然要向老猎人学习。

看着奥西普没有继续往下说的意思，古宾平静地接话了：

“第一个来森林的人在树上做好标记，

然后他说：‘这里是我的地盘。’

如果有人穿过这块猎区，

看到第一个猎人在树上留下的‘十字架’形状的标记，

就会明白第一个猎人是在说：‘请远离我的猎区！’”

就这样，我们顺着原有的路径从沼泽来到了山丘上，下了山丘又进入沼泽。我们拄着特殊的棍子，在专门为穿过沼泽而铺好的板桥上行走。这种棍子的末端像叉子一样，被称为“拉什马克”[1]，

---

1 指一种用于穿过沼泽地的行进工具。——译者注

棍子下面的叉子是十字形的。用这种工具永远不会吃亏，十字叉的设计不会让棍子在沼泽中支撑时很快陷进沼泽里。

从沼泽到山丘，再从山丘到沼泽，气温本身也在不断变化。太阳决定这里的一切，当太阳藏起来的时候，天气就变得很冷（树窝里都是雪），太阳一出来，天气就变得很热，不知是什么东西散发出了森林里特有的清香。爬上“大狼牙”山丘，阳光明媚，充足的阳光遇上温暖潮湿的蒸汽，整个“大狼牙”山丘都充满了一种淡淡的、像是牲畜粪便和菌菇交杂的复杂气味。

我们穿过沼泽进入白苔藓松林，就身处于一片以前从未有人到过的森林中了。在我们眼前呈现出了非凡的景致：地面被一种白色又略带一点儿浅绿色的物质覆盖着，泛着磷灰石一样暗淡的光泽，像波浪一样起起伏伏，透过轻微的波浪可以看见远处一片绯红的松林！这时，我们才明白在“大狼牙”山丘附近闻到的气味原来是来自这里：白色的驯鹿苔刚刚从雪下冒出来，湿漉漉的，温度升高之后，整个森林里就弥漫着淡淡的清香。白色的苔藓上有一些深颜色的脚印，那是野鹿到过这里留下的痕迹。听猎人们说，野鹿的数量非常多，以至于用两周左右的时间就有可能捕获到足够森林里的工人们吃一整个冬天的鹿肉。但是这里禁止打鹿。为什么呢？我们是这样跟猎人们解释的：旁边是科米地区，那里所有人都从事养鹿业，野鹿的存在对于家鹿的血缘更新是件好事。

“难道，野鹿和家鹿群居很容易吗？”

古宾说：

“如果野鹿很少，
而家鹿很多，
野鹿就会离开森林去找家鹿。
如果家鹿很少，
野鹿很多，
家鹿就会逃离人们。
它们不需要人类，
鹿更喜欢和鹿在一起。”

我们急切地期待能在这片神奇的森林里看到野鹿，但似乎野鹿最喜欢的那种草已经开始在沼泽地里出现了，也许它们现在已经迁徙到沼泽地附近了。但是，对我们来说，比看到野鹿更值得的，或者说此行最珍贵的，就是在这片长着白苔藓松林的原始森林里，我们能够看见彼此友好的人们展现出来的最普通也最动人的状态。在这条林中小路上，曾经留下过足迹的有老人也有少年，有强者也有弱者。小路上还堆积着很多被砍倒的树木，其中一棵大树被横着固定在树桩上，人们可以坐在上面休息；另一棵树固定在稍高的位置，疲惫的行人可以倚靠着它休息。这一处“建筑”被称为“凉亭”，不是仿照的贵族花园里的凉亭，而是提供给人们聊天的地方。在这条路上来来往往的有老有少，有时候有人走不动了，大家就来到“凉亭”休息一下，聊聊天，讲讲故事，彼此说说在森林里发现了什么。世界之大无奇不有，人们也就无所不谈。我们也在路上两次遇到过松鼠，第一次它一闪而过，第二次也是倏忽不见，我们当时都屏住了呼吸。现在我们在“凉亭”里休息，又回想起了那只松鼠，与我们同行的这些猎人也一致认为，那是一只正在赶路的松鼠，它很有可能不会在这里停下，也有可能这里的人再也不会看到它了。按照当地人的说法，这只松鼠是要跑到麦捆堆里去的。如果现在是庄稼收割时节，就会有很多松鼠跑来；收割期会持续一段时间，那么猎人此时打猎的收获也会颇丰。松林里的布谷鸟在这段时间会不停地“布谷布谷”地鸣叫，催促人们快点去播种。现在也是一样的，在河流上游可以听到“布谷布谷”的叫声时，就表明鲴鱼正肥，可以撒网了。我们想到啥就说啥，想到哪儿就说到哪儿，甚至会聊起在原先砍伐过树木的地方又长出来的那两棵白桦树。古宾说：

“一棵云杉长得好，
两棵云杉开始吵，
云杉扎堆，黑暗又可怕。
有人前来，砍倒高大的云杉，
建上小木屋和仓储室。
过不了多久，在曾经长满云杉的地方，
白桦树长成，整个小木屋被白桦树围绕。
非常愉快！如果发现一棵白桦树，
就会开心地说：‘很有可能，这里有人来过。’”

当然也有不令人愉快的时候。松树本身是如此美丽，但它们的美让人感觉不到温暖，只有冷漠。云杉更是对人们充满敌意，尤其是那些生长在北方的云杉，它们单薄、尖利、细长，尖细的针叶会扎伤人的眼睛，有时能让人在金发藓云杉林中迷失方向。身处其中你就会看不到春天，如果在针叶林中看到白桦树，你就会像见到窗前的一束阳光那般欣喜。

建造狩猎小屋是否需要很多树木呢？用 10 根木料做墙，5 根木料做顶，6 根木料做别的需要的东西，共计 21 棵树；不用锯子，没有钉子，就用一把斧头，耗时 5 ~ 7 天建成小木屋。之后，小木屋周围长满白桦树，几十年，甚至一百年过去后，小木屋依然挺立着，几百俄里以外的人都知道这间小木屋，他们说起小木屋就像我们在住宅区谈论起某个城镇一样轻松。

从林间小路走出来，我们就上了不久前停放在这里的冰橇，然后来到了奥西普之前的狩猎区。别佳在前边走，准备随时打松鸡，他说：

“这个狩猎区又是通向冰橇方向的。”

“不是狩猎区通向冰橇，而是冰橇进入了我的狩猎区。我以前在这里打猎的时候还是沙皇时期呢！”奥西普纠正他说。

听他们争论冰橇和狩猎区谁胜谁负的问题相当有趣：现在人们已经把汽车开到了冰道上，而狩猎区的道路上只能勉强看到一个人在草地上、泥地里、沙地上留下的脚印。如果沿着猎区的道路走，就得时常检查树上刻的标记，以免迷路。

当眼睛渐渐地适应了光线后，我们立即发现到处都是被清理后撒上沙子的小块空地，这种小块空地被称为“打谷场”。在这些空地旁边有一些坑，打谷场上的沙子就是从这些坑里挖出来的。鸟儿从上面飞过的时候发现了打谷场，它很有可能是要将这些小石头啄出来，也有可能是要啄走大块砂粒来磨碎食物。鸟儿在那里跑跳、打滚、清理羽毛。如果打谷场是为打花尾榛鸡而设计的，那么捕鸟套索则要悬挂在打谷场上方一拳头高的地方。在这个高度上，只要榛鸡从这里跑过，它就会被套索套住头，套索下面的空地上铺上云杉的幼枝。如果想捕松鸡，那么就要在打谷场上面一拳高的位置再设置一个栓销，以防松鸡戴着套索飞走。栓销上还系着绳子，绳子上拴着重物。

奥西普详细地给我们讲解怎么打猎，还举例说明，应该在哪里设置套索，在什么地方能捕到松鸡、花尾榛鸡和别的鸟类。但古宾对奥西普讲的故事并不满意，他耐心地等待开口说话的机会。奥西普刚一沉默，古宾就开始吟唱他的勇士赞歌：

“春天清洁猎区的打谷场，
我在打谷场上撒黄沙，
用小铲子轻轻抚平它。
明媚的太阳照耀着我的打谷场，
鸟儿悠然于树梢。
快看！
鸟儿俯冲向大地，
一切尽收眼底！
鸟儿沿着小路奔跑，
一切尽收眼底！

鸟儿渐渐适应并且爱上打谷场。”

“你等会儿再读吧！”奥西普说，“这些事我们都熟悉了，你最好给他们讲讲熊怎么会常常到你的猎区里晃荡的。”

古宾又开始兴奋且有腔有调地大声吟唱起来：

“我走在自己春天的猎区里，

我的脚踩在苔藓上，

踩出苔藓里的汁液。

猎区的边缘已经干涸，

鲜嫩的青草慢慢生长，

一只鹿来到了草地上，

一只熊也尾随鹿而来，

它走得不急也不慌。”

奥西普笑了起来：

“它可不着急！熊去哪儿能着急呢，熊可是随身带着自己的小屋的！”

古宾继续说道：

“秋天到来，

我在猎场中下网千面，

每天都会捕获黑琴鸡和花尾榛鸡，

熊也能自给自足。

熊不会生我的气。”

奥西普说：“毛皮很廉价，但野兽很危险，与熊谋皮不值得。”

回想起自己以前在卡累利阿森林中漂泊时的场景，我说：

“你们有防熊祈祷文吗？”

“以前有过，”奥西普回答说，“但现在已经没有了，我们现在读《生命祷告》[1]。”

我问他：“你读过大卫王写的防熊赞美诗吗？”

“《生命祷告》既防野兽，也防禽类。”

“有帮助吗？”

“我们不问这个问题。”

“这就像在卡累利阿人们祈祷防熊一样。”我半开玩笑地说，没有意识到自己已经成了迷信的向导。

“我出门的时候，从来不祈祷，

我背朝西站着，面向东方。

正义的太阳啊！请用金子做的栅栏，

从天上到地下围住我的猎区。

让狼、猞猁、大掌熊不能越过我的栅栏。

把钥匙扔进海里，把锁头抛到山中。

阿门！”

有一年闹饥荒，我偶然开玩笑地读了这篇祈祷文，还因此得

1 祈祷文《生命祷告》（《圣经》赞美诗篇90篇）的主要目的是保护教徒免受各种敌人、疾病、邪恶势力和众多问题的困扰。根据基督教的传统，《生命祷告》的祈祷文被绣在腰带上，被称为“护身符”，佩戴它的人可以加强自己的信仰，并得到上帝的保护。祈祷的力量会唤醒一个人的信心和力量，这就像创造了一个“无形的盾牌”，使他们远离麻烦。——译者注

到了一个煎蛋。现如今，当各地的人们对这件事搞明白了之后，这一切也都结束了。现在奥西普已经不去教堂做祈祷，而是去电影院看电影了，他甚至非常喜欢往水里看，观察月光下水面波光粼粼的样子（“电影里可没有什么比这更好看的”），他还央求我把这篇祈祷文抄给他呢！

我答应了他，等我们到达目的地后，我就把书中写防乌鸦的那一部分祈祷文给他。

奥西普说：“乌鸦可是比熊更能祸害人！如果您能把防乌鸦的祈祷文给我，我会非常感谢您。好了，你接着读吧！”他又转头吩咐古宾。

古宾继续说他的熊：

“我去我的猎区里打猎，

熊趁我不在去了储藏室。

它拆开天花板，掏出一只袋子放到地上，

两只、三只……五只袋子都装满了面粉，

熊把面粉袋埋到苔藓里。

我的猎区里有两棵云杉，

两棵云杉矗立在猎区道路的两旁。

一棵说：

‘你得走了！’

另一棵说：

‘你走吧！’

这两棵云杉紧密地矗立在我的猎区里。”

“好了，你等会儿再说吧，”奥西普说，“现在我要举个例子。”

确实，我们很快就看到了在猎区边上有两棵大树紧紧地靠在一起，它们好像在说服彼此顺着小路向前走一样。两棵树的树枝交叉在一起。透过树枝的缝隙伸出来一根绳子，绳子的末端绑着一个用粗锌丝做成的套索。当在猎区里觅食的熊穿过两棵树之间时，它的脑袋就会误入套索里，然后熊的脖子就被紧紧绑在树上的绳索勒住了。

“你到这里的时候那只熊还是活的吗？”奥西普问道。

“还活着呢，我对它说：

‘我没惹过你，我也不想惹你。

你的命不值钱，但是你很危险。

为什么你要偷走我的面粉呢?

没有面粉我在森林里活不下去啊！’”

“嗨，这你可就有点胡诌了，”奥西普说，“我们也没有面粉，就靠吃浆果活着了。”

谈话间我们不知不觉就到了卡尔加瓦河（科达河的支流），我们把古宾带的所有的东西都留在了猎人的储物间里备用。储物间的门没关，因为古宾应该是从这个地方启程回去，我觉得他还会再休息一会儿，和我们一起吃个午饭、喝个下午茶再走。他这个人太好了，和他分别有点儿舍不得。但是当古宾收拾好了东西，从储物间里出来后，我对他说“谢谢你”时，他已然明白这声“谢谢”是我要和他道别了。他转过身就走了，我们过了一会儿才意识到他是真的走了。

“这人真好！”我们说。

奥西普感叹道：

“在一段时间内，我们都是好人。难得的是一生向善。”

冰原之地

在我们行进的路上偶尔有松鸡突然飞起来，而在它们发情时的群集处其数量之多，以至于一个早上就能抓到十五只，即使这样也丝毫不影响它们发情求偶。它们到底藏在哪里呢？有时甚至在森林里走一夜才能惊飞一只松鸡。被惊飞的松鸡通常会落在很高的树梢上，它们落脚的高度恰好是步枪能够打到的距离。我们吃过松鸡肉煮的粥，一点儿也不好吃。但是，花尾榛鸡的肉可不容错过，它的肉是白肉，如果好好煮一煮，花尾榛鸡肉煮的粥是很美味的。有一只花尾榛鸡落在了离我们这条路很近的密林中，看不见它具体在哪儿，只能听到它的叫声。我想把它从茂密的树枝中吓出来，趁着它从一棵树飞到另一棵树，一枪把它崩下来。结果根本没有打中花尾榛鸡，于是我就一直追着它跑，竟然不知不觉间来到了长在沼泽地里的云杉密林[1]中。不一会儿，我和花尾榛鸡就碰了个照面，但就在那一慌乱瞬间，我对周围环境的感受比在长时间漫步时更深刻，根本没空发呆……那种感觉就像置身于神秘的沼泽森林之中，也好像一个人漂浮在无边无际的大海中一样。

---

1 原词为Рада，意指沼泽地里的针叶林。——作者注

“奥西普，”在回来的路上我问道，“如果你在森林中迷路了，你自己能有信心从森林里走出来吗？”

“那要看带不带吃的。”他问道。

“假如带了充足的食物呢？”

“如果食物充足，那我无论在哪儿迷路都能走出来。哎！说得不对，应该说，或许，得想办法走出来。”

“就是说，你没有信心？”

“不是没有信心，只是不能说得那么绝对，因为在森林里什么情况都有可能发生。”

然后他小声地说：

“您没发现什么吗？”

“没有……”

“您穿过小溪的时候，没发现被砍倒在地上的小山杨树吗？”

“想起来了。”

“之前这里没有这棵小山杨树。但您现在看……这是什么？”

“没什么特别的，就是人的脚印而已。”

“这不是我们的人走出来的脚印，不是猎人的。”

“或许，是一个林业管理勘察员的脚印？”

“当发现有人来处理林业事务时，我就知道，我们这儿是敏感地区了。”

那是谁来了呢？

这个问题让我们陷入了长时间的沉默。奥西普努力地猜想着这个来到北方原始森林里的神秘人物到底是谁，而我在想一个生活在城市里的人，在城市里要想找到熟悉的人几乎和在这里遇见陌生人一样少见。

我们的谈话经常会间断很长时间，尤其是在极其疲惫的时候，自己的想法就很难被记住并表达出来，就像很少记住自己做了什么梦一样。我往前走，一棵棵树从身旁略过，一些想法也在脑海中闪过……

“来，先生们，猜猜看，这是什么？”奥西普指着一棵云杉树问我们，在这棵树离地面有一人身高的地方有明显被啃过的痕迹。

驼鹿就是这样啃山杨树的，根据树上这些啃咬的痕迹来判断，就可以知道驼鹿有多高了。

“是熊来了。”奥西普自信地解释道，“它从窝里出来了，而且明年还会再来。”

这个故事在猎人之间传开了，但他们对熊是为了什么而啃树这件事毫不在意。

后来我们很快就弄清楚了，为什么这棵灰色的云杉树树干会被咬得变成了红色。原来是松鼠掉进了抓松鸡的套索里，经过长时间的挣扎，它抓破了树皮，后来明白了该如何脱身，就咬断了套索。

我们还看明白了，是白鼬吃掉了花尾榛鸡。在套索里只剩下了带着鸡毛的项圈，这个狡猾的小东西绕过了套索，没有触动它。

鹞鹰也经常到猎区里来捕猎。有一次，大概在我们到来之前，这只充满活力的、漂亮的、有着黄色眼睛的鹞鹰落入了套索中。它的腿被拴住了，就自己用嘴啄套索，不时发出咔咔作响的声音。我们花了很长时间耐心地给它拍照片。

还有一次，我们发现了一个坑，看得出来，这个坑是很久之前被人用手挖出来的。传说这是狩猎用的坑，类似于西伯利亚和远东地区的狩猎坑。我们还看见了一个木屋，房屋上面长满了绿色的青苔，如果不仔细看，你甚至从它旁边经过都发现不了这儿还有一个木屋。早在革命之前，有人想在这里砍伐森林，就建了一个办事处，后来了解到这片森林环境险恶，木屋因此也就留下了。就因为森林环境险恶，所以它的原始风貌也才能得以保全下来。

这一天，我们都在这个险恶的原始森林里跋涉，在这个高大的金发藓云杉林里一直走到深夜也没有走出去。将近午夜，但月光还是将树枝照得闪闪发亮，布谷鸟也不知疲倦。而在远处的某个地方，有一只公黑琴鸡在为追求母黑琴鸡而鸣叫着，它那婉转动听的歌声，萦绕于密林间，打破了周围的寂静。在森林里的一个干燥的小土堆上，我们的向导发现了一堆篝火[1]留下的灰烬，他对我们说，有人在冰原上过了夜。

在这个地区的森林里，一般说的户外过夜指的不是在木屋里，而是在冰原上。

“那这是同一个人吗？”

奥西普没有马上回答。他环顾了一下四周，走到了水边，开

1 原词为Нодья，意指森林里户外过夜时供取暖用的篝火。——作者注

心地呼喊我们也过去。

“是同一个人。”他回答道，“一个不错的人。”

奥西普给我们看了一块盖在水井上的木板，说明有人来过，这个人在冰原上过了一夜，并且他还将水井口用木板盖上了。既然他用木板把水井口盖上了，就说明他是在替后来者考虑——他就是个好人。

我们也在冰原上过了夜。在森林里生存的人得砍足够多的木头生火过夜，这些木头还要用来搭过夜住的窝棚、床铺，以及搭吃饭用的小桌子、炊具乃至餐具，这也未必比我们的家庭主妇往煤油炉子里倒油做饭花费的时间多。我们惬意地吃了些花尾榛鸡肉煮的粥，又喝了会儿茶，然后就高兴地开始谈论孩子问的“为什么”的话题。我们的孩子和猎人问的“为什么”是完全不同于成年人在醉心于美景时说的“为什么”。孩子和猎人们说的“为什么”是出于惊讶，这源于他们的纯净单纯与整个世界的快乐碰撞。的确，在我们搭建宿营地，准备食物和茶水的闲暇之余，我们对于这片长满了古树的阴暗森林得以完好保存丝毫不感到惊讶，这只是因为人类还不曾将魔爪伸至此地。

很少有人知道，也几乎没有人能感受到一棵树的生命力，既猜不出动物的悲欢，也猜不出一棵树的悲欢。有一个想将松鼠从窝里轰出来的猎人，他用斧头敲击着树干，在抓住松鼠后就离开了。而粗壮的云杉树因为他的敲打，会沿着敲击后被破坏了的树芯部位开始腐烂。过路者需要将背包悬挂在树枝上，云杉树的所有枝干也都朝下倾斜。过路者将随身携带的一个小钉子钉进树干，事经多年之后的现在，我们费力地猜到为什么这棵美丽的树长成了这般畸形的模样。

夜晚是如此明亮，因此我们坐在林中喝茶，也能看到很远的地方。我们谈论我们的“邻居”——树的命运：你看有的树树枝已经腐烂了，有的树长得歪歪斜斜，有的树因严寒被冻坏了，树皮上布满裂纹。而有一棵幸运之树，我们根据它的年轮估算出它的年龄，发现这棵树几乎一半的生命都是在受压迫中生长，后来不知为什么就突然开始迅速生长，然后超过了周围其他的树木。如今这棵树与同它高度一样的树木一起庄严地耸立着……当你在寻找树木被抑制生长的原因时，脚底触碰到地面那一层薄薄的苔藓，你会猜想这原因来自可怕的林火。现在我们来到金发藓云杉林中寻找它受压迫的原因——这里几百年都没有着过火了。突然，我的脚撞到了一个巨大且坚硬的东西。我们刨开苔藓，发现了藏在这块苔藓下一棵大树的残端，这时一切都变得明了了——原来这棵树的树冠最初阻挡了幸运之树的生长，但是后来风将这棵大树吹倒了，因此从那时起，我们的幸运之树就开始迅速生长，越长越高。

我们人类社会不也是常常发生这样的情况吗？有时突然之间，一个重负消失了，另一个被解放出来的天才迅速发展，成为其他人数百年的榜样。

为了寻找烧火用的干柴，我们把附近的地方都走遍了。奥西普找到一根木棒后就突然眉开眼笑，原来这是一根用来晒干松鼠皮毛的木棒[1]，上面还有新剥下来的已经风干的松鼠皮毛。这不是我们村的猎人干的，而是邻近的科米地区的猎人所为。他们的猎人从这里路过，也是常有的事。按照奥西普的话来说，无论是作为猎人还是作为人，这些科米地区的猎人都比他们村的猎人好得多，生活得更好，待人更热情，比他们村的猎人更诚实，而且更讨人喜欢……

在我们的民族里常常遇到这种对别的民族更友好、更恭敬的情况，我从自身寻找其思想根源：从很小的时候起，我就一直觉得别人的都比我们的好。时至今日，我都无法确定这到底是一种良好的国民素质，还是一个民族的主要恶习。

---

1 原词为 Ушкало，意指用于晒干新剥松鼠皮的棍棒。——作者注

生命祷告

当科达河的最后一段在入夏时分向南奔流而下时，我们也急转北上，翻过分水岭，就看到了梅津河的支流波尔贝什河。所有的河流都汇入梅津河的支流瓦什卡河。我们现在是沿着科米地区的边境线前行：在我们的左边是林间通道，森林也因此被划分成几个区域；在我们的右边是科米地区，这里的森林没有被勘测过，因为土地测量员队伍还不曾来过。

美丽的松林让我们感受到短暂的愉悦，这太难得了！再往前走是一大片仿佛没有尽头的金发藓云杉林，它们生长得极其难看，弯曲而多结，在这里行走异常艰难。我们向布满绿色苔藓的“云杉坡”的方向走去，走了整整一天，其间还稍事休息了几次。我们对“将北方的树林单一划分为良林和莠林”的做法的正确性产生了怀疑，因为我们一路上很少看到良林，几乎一直走在低矮且潮湿的松林和金发藓云杉林里，是它们哺育了北方雄伟的河流。

每一棵干枯的树木仿佛都诱惑你坐下休息片刻，而你又害怕坐下，这种感觉非常不好，因为坐下以后再想站起来会很困难。太阳也使人开心不起来——当你感觉太阳很快就会变得炙热起来的时候，又不能脱下衣服，毕竟干枯的树木下还有积雪，空中太阳的温暖可能是骗人的。此时突然就有可能从云层里下起雪糁或者冷雨来。

我们缩短了路程，在接近傍晚时分，绕过一块难以穿越的沼泽地后开始考虑过夜的事宜。

难道还要在冰原上过夜吗？

长满苔藓的树根变得越来越像熊了，有时候我们看见树根就立刻想卧倒，或者抓起三筒猎枪，都来不及装上子弹。这些匍匐在地上的褐绿色的物体渐渐消失在浓雾中。什么都看不见了，我们只能凭着听觉前进。在这万籁俱寂的雾气中，只能听得到河水飞溅而发出的声响，而溅出的河水又冲刷着这个山丘，贝林杰耶夫密林就坐落在山丘上……

当然，我们今天肯定不会在冰原上过夜了，一定会在木屋里得到温暖。我们要到贝林杰耶夫密林了，但是从哪个方向走才能走到那个温暖的猎人小木屋呢？越过小河，我们朝密林方向行进，浓雾中什么也看不见。我们安顿下来打算休息，奥西普出发去寻找自己的小木屋。他会找多久呢？我们没有生火，身体突然就感受到了刺骨的潮湿和寒冷，就像得了严重的寒热病一样，身体不由自主地哆嗦起来。这不是生病了，而是极度渴求温暖的表现。

小木屋原来离我们没有多远。我们甚至听到了奥西普在急忙砍柴火的声音，当我们走近他时，看见茶壶已经挂在一个小钩子上了，而在另一个小钩子上挂着小提锅，烟雾从小木屋的门里冒出来。我们很快就要在这烟雾缭绕的小木屋里享受烟熏的感觉了。

梦想的实现对人们来说是难能可贵的！我们终于来到了贝林杰耶夫密林，在这里你不可能砍倒一棵树，因为被砍伐的树会靠在其他树上，而不会倒在地上。这片森林，是一个没有经历过人类的斧头砍伐破坏的地方。我们在弥漫着烟雾的夜空中钻进小木屋里。石头炉子被点燃后发出的火光，缓缓地照亮了弥漫着烟雾的夜空，如果你稍稍抬起头，就会看见棕红色的夜空伴随着急促的呼吸，像波浪一样起起伏伏。我们将背包枕在头下，静静地躺着，享受着热乎乎的石头炉子带给身体的温暖。火光在黑夜中闪烁，来自心底的那份对贝林杰耶夫密林的向往已经转变为自己身体的反应——获得了最需要的温暖，身体的感觉变得如此美妙，以至于似乎再也不需要其他任何东西了。能够永远享受这小木屋中炉火带来的温暖，就像到了真正的天堂一样。

渐渐地，夜空变得越来越高阔，它呈现出一个方形的孔洞，最后几缕烟雾穿过这个孔洞缓缓消逝而去。奥西普用一个木头塞子堵住这个孔洞，先是堵住一半，然后留了一条缝隙，最后全堵住了。我们又花了些时间铺床，然后躺下，各自想自己的心事。

在木屋里准备床铺的时候，我在逐渐暗淡下来的北极白夜光照耀下的小窗台上看到了一本书，那是沙皇时代的一本中学祈祷书。这本书被翻开的那一页是赞美大卫王的圣诗《生命祷告》。显而易见，多年以来有人只读了有圣诗的这一页，因为这一页的页面是黑色的，其他的页面都是白色的。

等到我们在热乎乎的石头炉子旁边安顿好之后，我问奥西普：

“奥西普·亚历山大罗维奇，你为什么读《生命祷告》呢？是为了防止野兽袭击吗？”

“不是防野兽袭击。我什么都没有，我读《生命祷告》是为了驱赶乌鸦。”

“那有用吗？”

“还行，有点儿用。还有狼獾总是来侵扰，我也试过防狼獾，但没什么用。”

沉默了一会儿后，奥西普又问了我一个问题：

“米哈伊尔·米哈伊洛维奇，看得出您是一个明白人，请您给我出个主意。我稀里糊涂加入集体农庄后，感到非常无聊，我无法过不打猎的日子，我不能在老年时过自己不习惯的生活。您看我该怎么办，是坚决加入集体农庄还是过自己的狩猎生活？”

“奥西普·亚历山大罗维奇，”我回答他说，“你当然应该加入集体农庄，但也要继续打猎。集体农庄会给你带来很大的益处，而你打猎也能给集体农庄带来好处。”

“我也是这么想的，可他们想让我给他们造船和耕地。我可是离开了我的猎区就没法活。野兽在林中活蹦乱跳，而我却要去耕地，实在是受不了了！”

“年轻人暂时做点儿别的事情也是不错的，”我说，“但是老年人还是要过狩猎的日子。我强烈建议你参加集体农庄，我准保你会为集体农庄打猎的。”

“感谢您！真是太感谢您了！”

我觉得所有问题都解决了，我做了一件好事：既为集体农庄增添了一位新成员，也把奥西普为集体农庄做贡献的心愿和自己喜欢的打猎结合了起来。但奥西普很快就提出了新的问题：

“您坚决说服我去集体农庄，那我为什么不能和您一起去找撒旦？”

“你是想说去找反基督者？”我问道。

“反基督者和撒旦，我认为这都是一回事儿，而您如何看待这个呢？我不能和您一起去找反基督者吗？”

“那你是怎么看待共产党员和政府的呢？你知道他们的承诺吗？”我问道。

“我知道，我只是不相信他们，就是空口白话而已。”

“但粮食倒是发了……”

“是的，粮食确实是发了。”

“如果就如他们承诺的那样什么都发放呢？”

“您认为他们会发放吗？”

“一定会发放的。”

“如果什么都发放，那么拥有这样的政府，我们应该每天都对上帝表示感激，直到生命的最后一刻。”

我一边看着可怜的奥西普，一边想起了他的祖先，那些旧教派的信徒——身处分裂教派时代的老实人为了某种虔诚的信仰，为了古老的字母，为了在画十字架时手指正确摆放的位置而进行斗争，承受了那么多的痛苦。有人用大火焚烧自己，用双手堆起篝火来焚烧自己的身体，直至燃烧殆尽，而后人却不了解父辈为之燃烧的真相是什么。现在，墓地里散落着旧信徒的东正教十字架——既没有了基督，也没有了反基督者！受骗的老实人在墓地里插了一个木桩当作十字架，在木桩上有用斧头刻的基督教确立以前的猎人的旗帜。

我对奥西普说：“这样吧，甩掉你脑袋里的反基督者的念头，坚定地去集体农庄找一份打猎的工作吧！”

火鸟

我用抹布把长板凳旁边的小窗户堵住了，免得风刮进来，因为小窗户就在我的脑袋旁边。这个坐落在森林里的被黑烟熏黑的小木屋变得昏暗、静谧、温暖起来，我们身处其中，就好像松鼠待在自己的洞里那般安逸。然而，从傍晚开始，无论森林里有多么温暖，在清晨前都会有那样的一段时间——小河潺潺的流水声会打破整个森林的寂静，向松林传达出自己的问候。黑暗中，透过浅浅的睡眠，森林中的一切都听得见，与森林的生命联系一刻都没有中断过。我听到了小河向森林发出自己的声音，我打开了窗户，一只火鸟飞进了我漆黑的窗口。

这样的情景也常常发生在过节时小孩子们的身上，小孩子因为玩玩具开心不已，老人则回想起自己同样欢乐的童年，喜悦的光芒曾经充满了自己的房间。老人讲起一个神奇的关于火鸟的童话，这个童话故事一代又一代传下来，快乐的神鸟也随之活了下来，几乎所有的艺术形式中都有火鸟的形象。我记得我第一次打算写作时，就开始思考从哪里入手，应该为读者写些什么。然后有一天，我想起了我一生中最美好的快乐时光，就决定从火鸟着手开始写作，因为我不知道还有什么比这更好的题材了。

在不适合旅行的早春时节，我们不知花了多少时间，付出了多少艰辛的努力，只为能找到贝林杰耶夫密林。终于，我们找到了密林，火鸟也飞来了，它让我的内心充满了欢喜——走出去是值得的，因为密林就在那里。孩子般的喜悦在心中跳跃起来，我们忍不住来到了屋外……

我们眼前看到的一切与人们口中相传的贝林杰耶夫密林一模一样：树木像巨大的蜡烛一样一棵挨着一棵矗立着，所以这里的树木当然砍不下来，如果旁边能够倚靠的树木不被砍断，那么即使有一棵树被砍断了，它也倒不了。红松树下长了株黑莓树，黑莓树上放着两截锯开的木头。木头的切口是新鲜的，这让我想起了童话中讲到的活水和死水。我想往木头上喷洒一点儿活水，让两截木头连起来，使得贝林杰耶夫密林中的两棵美丽的树能够重新站起来。在其中一段木头的截面上，我们看到了测评师工作的痕迹：他用铅笔沿着尺子画了一条线，然后顺着画的线数树木的年轮，将数完的年轮数分别写在旁边，最后将记录的年轮数相加，写出树的总年轮数——这棵树活了 307 年。测评师在其他木头段上对木材的质量进行了研究，其中还有木头是为了方便研究被纵向和横向锯开的。当我们抬头往上看时，发现每棵参天大树都有被人用斧头修理过的痕迹，在一块修理过的白色树皮上标着不同的字母，这些字母表明树木分别属于哪一种用途分类：A 代表航空用途，K 代表可以用于船舶的桅杆，O 代表特殊用途，还有许多其他字母。这些字母的含义都是奥西普告诉我们的，每次他都说：

“看看这片森林，没让人失望吧！”

“可我们怎么听说‘贝林杰耶夫密林连人类的斧头长什么样子都不知道’呢？”我们非常困惑地问。

“确实没见过。”奥西普回答说。

他给我们指了指那片没有任何人类活动痕迹的树林。

“那就是，”他说道，“现在还没有被砍伐过。虽然现在还没被砍伐过，但是很快就要被砍伐了，这片森林没让人失望。”

……孩子们会因为要与火鸟分别而伤心哭泣，而对成年人来说这也并不容易，因为即使在童话故事中，要从火鸟身上拔下一根羽毛也不是什么简单的事。大概一棵树长大能活三百多年也很难。

有了飞机以后，世界上所有的密林都可以尽收眼底，飞机降落到原始森林的深处，从森林里运出动物毛皮。显而易见，我们不能再幻想它能无人涉足，而是应该为它的未来做打算。植树造林只会让那些从未种植过树木和不劳而获的人感觉不舒服，但是如果密林的损失可以唤醒人们开始种植树木，哪怕只种十棵树，那么在不久以后，人们在这片出过一份力的森林中看到那些自己种的小树时，也可比去那些人迹罕至的原始丛林要快乐得多。可能那时候，就像在童话里讲的那样，会获得新的喜悦——从火鸟身上拔下了一根羽毛，然后开始通过自己的努力创造自己想要的东西。有的时候当人拔下了火鸟的一根羽毛，自己也加入密林的建设中，那么火鸟就不会飞走很远，而是在附近某个人们看不见它的地方，用林中的材料帮助人们继续建设贝林杰耶夫密林。

建设贝林杰耶夫密林时，脑子里当然要有计划，可如果火鸟出现了，就应当放弃计划。火鸟的一根小羽毛比数百万张按照字母和数字顺序排好的摘录卡片要强得多。我们动身去北方时也曾有个计划：留住美丽的早春，慢慢向北进发，欣赏几个月早春的美景。我们的打算没错，我们留住了春天，但多日来我们看到的都是白桦树梢绽开的嫩绿枝芽，千篇一律，有些乏味了。春天的脚步停了下来，然而与此同时生命本身也停了下来，留住的春天就像一朵纸做的玫瑰，毫无生机。但是就在我们决定离开贝林杰耶夫密林返回的时候，春天突然以不可抗拒的力量冲过来，帮助我们建设贝林杰耶夫密林。仅仅一天时间，我们狩猎小屋周围的白桦树就着上了绿装，那令人惊讶的绿色树叶好像是飞来的，落下后便钉在了坚固的空气中。在针叶林里，白色的苔藓已经干枯了，这时如果有人点火就很危险。沼泽地里遍布青草，颜色是那种狰狞的绿色。

乌鸦

在乌斯特－伊利姆斯克[1]，我们看到浮栅被打开了，几乎在最后一艘轮船离开的同时，皮涅加河所有流送木材河段上的浮栅都打开了，密密麻麻的木材就像刚开始解冻的浮冰一样漂向北德维纳河、阿尔汉格尔斯克和锯木厂。

我们告别了奥西普，因为无法带他到700俄里远的地方继续做我们的向导。这么远的距离，他怎么沿着河流逆流而上再回来呢？其实，水路不像在森林中走那样容易迷路，并且只需要花一点力气划船就比漂流的木材快。我们必须轮流着轻轻地用船尾的浆划船，一个人划六个小时，另一个人就在这个时候睡觉休息。我们带了煤油炉、茶壶和锅，在船上可以做饭和煮茶。

在乌斯特－伊利姆斯克和奥西普话别之后，我们高兴地出发了，尽量顺着水流湍急的河流主流线行进——根据水中的气泡和漂浮的木材密度可以分辨出河流是否是河流主流线。每根圆木都拼命地奔进急流里，就好像希望尽快到达锯木厂一样。

在我们离开乌斯特－伊利姆斯克走了两三俄里的时候，后面

---

1 乌斯特－伊利姆斯克是俄罗斯的一个城市，位于安加拉河上伊尔库茨克地区的西北部。——译者注

突然出现了一个快速追赶我们的人，他一边跑一边向我们挥舞帽子。我们把船划过去，立刻就认出了这是奥西普，他一边跑一边喊我们，很显然，是我们忘了什么重要的东西。

老头的脸上满是愧疚的表情！他看起来是那么难过，这让我们很不安！

“防乌鸦的祈祷文，”他喃喃地说，“您答应过给我防乌鸦的祈祷文，但是您忘了。”

我立刻想起来了，我曾经向奥西普吹嘘过有一篇防乌鸦的祈祷文，那是我从一个卡雷利亚族的猎人那儿抄下来的，还被我引用到了我的书里，那本书被我和其他的东西一起留在乌斯特－伊利姆斯克了。

“嗨，奥西普·亚历山德罗维奇，”我说，“我们以前不是说好不再做基督之敌了吗？”

“是的，不做基督之敌，”他回答说，“我同意忘了他，不想他，就没有他，无论是基督之敌还是撒旦都不存在。但是，乌鸦，米哈伊尔·米哈伊洛维奇，它是存在的，所以必须要在狩猎的时候防着它。”

尖冠树

当落叶松的针叶不再变绿时，就感觉它已经死了。因为当针叶树不是绿色的，而且再也不会有针叶长出来的时候，它还算什么针叶树呢？但是，当落叶松开始变绿时，就说明春天已经来了——是春天使这些看似已经完全枯死的树木复活了。不过到了晚上，天气仍然很冷。我们在渔船上堆了很多云杉枝叶，枝叶上还搭着厚厚的粗麻布。轮到谁睡觉，谁就躺到粗麻布上，然后从上面把所有东西拿下来盖在自己身上，放心地睡觉。那个需要划船掌舵的人会因为用力划船而感到温暖，因为与世界独处而感到别样的幸福。有时身上的寒气与内心的愉悦融为一体，就像在料峭的早春季节沐浴着热切的阳光一样。那个时候我一边在河流上航行，一边愉快地生活，还一边创造我自己的“贝林杰耶夫密林”。

当你在明亮的夜晚凝视那些浮在水面的黄色圆木时，你就会觉得那是一张张人的脸。每一根圆木都随意地转动着，窃窃私语着什么，互相搔痒一般轻轻地撞击着小船，向你贴过来……

在渔船周围的圆木中，我感觉我认出了我非常熟悉的一根木头：它的冠顶尖尖的，有很多枝丫浸入水中。由于树梢吸水多，它就沉到了浮栅下面，又受到其他压力，就又从浮栅下钻出来漂走了。

它很有可能在某个河流转弯的地方被卡住了，而现在它暂时将自己的命运与其他木头联系在一起，即使现在它的表现也很特别，它不断干扰我，一直想要掀翻我们的船。闲暇时，我会思考这棵具有反叛精神的树，是在具有何种特征的环境中成长起来的。也许，一个人来过一次森林就足够了，用脚将苔藓踩出水来，然后，由于这微不足道的压力，被踩过的那些苔藓的边缘开始变干，植物群落就发生了变化……算了，最后是一只松鸡飞过来，落在这棵树上，用它有力的喙啄掉一根嫩树枝，这就会使这棵树生命中的一切变得与众不同。当人们把这棵树砍下来后，这根木头将混在其他木材中从浮栅下挣脱出来，冲进大海。那么它的命运将与其他的树木有所不同。

在比新地岛更远的极北地区发现了一个新的岛屿。从来没有人涉足过这片荒无人烟的土地，一根被剥去皮的刻有“全苏林业托拉斯”标记的黄色圆木能够证明这一点。这就是贝林杰耶夫密林中那棵三百多年前落下过一只松鸡的树。这只松鸡啄坏了树木上方的轮生体，这就注定了它会成为这片尚未被发现的土地上唯一的“全权代表”。

当别佳睡着了的时候，很多这样的事涌入我的脑海。周围只有圆木，除此之外没有可以说话的人。甚至有时候我沉浸在思考贝林杰耶夫密林的心境中，会忘记一切，甚至都忘了划桨。看着这些圆木，人会生出一种莫名的羞耻感，猛然抓起桨，稍微用点力，就能把渔船划出漂流带。我已经计算过了：圆木一小时能漂浮 2.5 公里，而我几乎不用费力，每小时就可以行进差不多 5 公里。

在漂浮的木材中什么都不能做，我只能有一点儿时间思考我的“贝林杰耶夫密林”。当我用一面桨顶着其中一根圆木，又顶住另一根，从漂流的木材中把船划出来时，感觉有点儿对不住这些圆木。

在北方是找不到夜莺踪迹的，也完全听不到鸟儿在春天里叽叽喳喳的叫声，但这里的布谷鸟与我们那里的完全不同：在这荒寥寂静的森林中，布谷鸟的叫声格外响亮而有力。我们的小船缓慢向前移动，随着第一只布谷鸟的叫声响起，另一只也跟着叫了起来，你会逐渐习惯这种声音，就像习惯钟表的滴答声一样。只要听到某种声音，就能想起布谷鸟的叫声。每当大自然发生昼夜更替时，比如太阳升起或落下，面对此情此景，你就会回忆起，在北方春天里的生活常常伴随着持续几个小时不停歇的“布谷布谷”声。

圆木一根撞击着另一根，发出某种沉闷、克制的声响，也有时候两根圆木撞在一起时会发出很响亮的声音。

拉维拉

我们带着一张不错的地图。我们知道自己要去哪儿，有哪些河流，有哪些村庄。这些地方的名字稀奇古怪的，有纯俄语的，也有些不好听的，比如普罗基夫娜、叶尔基诺、波加涅茨，有外国的，像芬兰的名字，还有一些非常美丽的名字，比如拉维拉和亚夫左拉。我们特别喜欢亚夫左拉这个名字，这个名字和星光灿烂的夜晚结合在一起简直太奇妙了！你会觉得，无论是天上还是人间，到处都有美丽的亚夫左拉。我们为什么不欣赏这个词语的魅力呢？伴随着布谷鸟的叫声，我们向美丽的亚夫左拉方向航行，可我们一直无法到达那里，亚夫左拉似乎离我们越来越远了。

到了晚上，别佳叫醒我去换班。

“到亚夫左拉了？”

“到拉维拉了！”

这是一个大村庄，挨家挨户都靠水而居，房子外面有木溜冰鞋、家禽和鹿。周围散发着炊烟味，但没有什么声音，北方村庄像森林里一样安静，甚至连狗都不叫。村庄里的这些莱卡狗对所有人都同样友好，只有在森林里它们才会凶狠——在森林里他们不允许陌生人接近它们的主人。

在拉维拉的一个浴室附近，一个留着大红胡子的强壮男人欢迎我们，他光着身子。

“沐浴愉快！”我们对这个皮肤发红的大个子说。

“敬请光临！”主人回答道。

在北方的澡堂里洗个澡真是太惬意了，真该好好讲讲从进澡堂到出澡堂的故事。但在寒冷的夜晚，在水中温暖身体和冷却身体我们觉得很危险。于是我们在这里只是和伐木工人喝茶，听他讲述过去的时光和变化。

原来，在1927年以前，这里的人根本不知道有横锯，这位主人每天用一把斧头可以砍20根原条或者20立方米的木材。随着新时代到来，树木砍伐需求大了，斧头师傅不够了，就有了没有受过训练的工人、两个普通的女人和一些家庭主妇开始用横锯砍木头，几乎比用斧头砍树的高手产量还大。

“她们不需要学习，”主人说的是那些女人，“她们用锯子什么都能干。我兄弟也是伐木工，如果你夸他，他就不好好干活儿，你要是夸一个女人，她会更加卖力地干活儿。”

“为什么呢？”我们问，“难道师傅是夸坏的吗？”

“为什么？”大个子陷入了深思，“我是这么想的，你再怎么夸，对师傅来说都没什么。就像你吃了饭，明天还想吃，可夸奖不能当饭吃。夸完之后怎么办？师傅被夸完之后就开始酗酒，而女人们被夸之后就更加卖力干活儿，像换了一个人似的，一发不可收拾。”

亚夫左拉

我们已经仔细观察和研究了森林，从大自然这本书中学到了很多东西。在计算了一棵河流沿岸松树生长的年份后，我们猜想，四十年前，皮涅加河两岸长着云杉林，有一天被大火烧毁了。河水阻拦了这场大火，因此在火灾后，在河流左岸剩下一棵云杉，而在右岸应该生长着一棵先锋树——松树。这就是为什么一侧河岸上是松树，另一侧是云杉。当我们准备在水边过夜时，我们开车来到有云杉的岸边，选择了一棵小云杉，砍下很多枝条放在小船里，把所有的布盖在自己的身上，别佳只留了一个小孔呼吸。他睡了六个小时，我一直坐在船尾划桨。随着船桨的划动，别佳留着呼吸的小孔渐渐地扩大了，露出了额头，我看到有一个相当大的蜘蛛落在他的额头上。放下桨，我小心翼翼地用树条尖把蜘蛛挑起来，把它扔到离船很远的水里。然后，蜘蛛在水里一瞬间就像在陆地上一样迅速滑向小船，又爬到船上成为我们免费的乘客，好像它的目的很明确，甚至还得意扬扬的。我一边逗弄蜘蛛，一边不由自主地观察夕阳下的河水，我发现还有很多蜘蛛，它们就像站在地铁里移动扶梯上的人们一样，借着水流在水面移动，不费吹灰之力。毫无疑问，蜘蛛的结局是前方的某个落脚的地方。然而，站在水面上可能不太方便，或者水面上不牢靠，有失败的风险。只要能接近和爬到飘来的圆木上，就顺着水流跟着圆木漂流，就像我失去了船桨，只能顺着河水漂流一样——因为环境的某种变化而导致的完全有意识的迁移。

在落日余晖下，布谷鸟不停地叫着——太阳落山了。我是白天精力充沛的人，总是在太阳落山时无精打采，那时候我就喜欢把自己的迁移想象成适应环境的变化。一只微不足道的小蜘蛛也像我一样，有去皮内加旅行的目标，这让我产生怀疑，我也不是独自去的，辉煌伟大的亚夫左拉从上面看着我，就像我看着蜘蛛一样：不是把我看作一个唯一的、独特的生物个体，而是像蜘蛛一样的工人的代表。

太阳落山了，我完全控制不了自己，一只手像机器一样划桨。一切都逐渐从我身上消失，仿佛我被移除了，变得陌生，仿佛我踏上了一个陌生的星球，在那里，一切都敌视我这个外星人。

北方寒冷辉煌的亚夫左拉在天空中像炽焰般一闪而过！慢慢地，在明亮的天上只留下一个大红点，地上的松树和云杉所在的漆黑两岸之间的河水也是红色的。一切就这样凝固、停止了，也不再褪色。然后太阳终于落山了，布谷鸟也沉默了。

亲爱的朋友，黑夜对一个需要内心安宁的人来说是真正的恩典。要知道，自古以来，睡眠就被比作死亡，我倒认为这没有什么可比较的——人如果没有意识，也就不能称其为人。当大多数人轻信地认为他们的自我意识是由自然力量所决定时，他们就一天天走向死亡了。不是每个人都会在第二天早上醒来，也不是每个人都会在夜里睡着。你害怕睁开眼睛，但不想在漆黑的夜里睁着眼睛躺着，你对一切视而不见，就像童话故事中善良的女巫一样安慰自己“早上比晚上更聪明”，然后你就会睡着了。黑暗的夜晚就像火葬场的地板：放下死者后，地板就移开，一切都结束了。

那么在这个明朗的北方夜晚，你似乎得到了一个特殊的许可，进入地板之下去观察死者的命运，直到它只剩下一堆骨灰。在这里，我用眼睛看到一切都在远离我，感觉周围的一切都越来越冷：我漂浮在长着小脑袋和折线状腿的蜘蛛中间，漂浮在冰冷的、长着奇怪树枝的树木之间。只有一个本地的布谷鸟，它默不作声：一切都过去了。我的亲人居住的贝林杰耶夫密林，你在哪里？无比寒冷的亚夫左拉无动于衷地俯视着我，也看着蜘蛛、云杉、天空和水面上的深红斑点。她是不人道的，她不在乎……

现在我明白了，为什么黑夜里的人不急于醒来，而错过了所有清晨的喜悦——没有体验过可怕的恐惧，他们绝对无法抓住生命。

我最喜欢的那只最灵活、最勇敢的鸟——鹡鸰，飞到寒冷的亚夫左拉来救我，它落到漂浮的圆木上唱起歌：站在圆木上一边漂浮，一边唱歌，一直唱！这只可爱的鸟歌唱太阳更热、更强大，美好的一切并没有完全离开我们，只是躲在森林的不远处——它需要在那里换上清晨的衣服再出来。你看，现在周围已经变白了，水面上的红色斑点模糊了。另一只鸟直接飞到船上，落在船舷上，顺着船舷向一动不动的我跑来，跑到我身边再跑回去，然后又从另一边跑到我身旁。此外，有一只生活在水边树洞里的鹊鸭，带着一只小鹊鸭从树洞里飞出来。小鹊鸭掉到了水里，它没管，又飞回树洞去带第二只，第二只掉进水里后，它又飞回去带第三只。一只又一只，当它把最后一只小鹊鸭带入水中后，它自己也钻入水中几次，然后带领“全家”游向安静的港湾。我甚至没有注意到布谷鸟是什么时候开始叫的。我们被森林包围着，我不知不觉拿起桨，这个动作使我意识到，我仿佛开始进行世界上某个伟大的行动，我拥有整个世界，我带着自己心爱的“贝林杰耶夫密林”向世界打开了大门。

早晨的霜冻是如此猛烈，别佳呼出的气使得靠近他嘴边的云杉树叶结了霜，但我被巨大的亲切感包围着，用力向前划船。寒冷的亚夫左拉出现在眼前，岸上是一排整齐的民房。

“嗯，别佳，”我说，“我们到了。这个村子好像就是亚夫左拉。”

木材流送机械化

数十条皮涅加地区流送木材的小河流从密林深处向外流送圆木，而大河流把全部木材流送到北德维纳河。此时此刻，这里的许多大河流和数百条小河流上堆满了像冰山一样的木材。不仅我们的船，就连一艘带破螺丝的轮船都像"切柳斯金"号一样被木材挤得水泄不通。我放弃了把船划出去的想法，像浮冰中的施密特[1]一样被木材紧紧挤压住了。

著名的博布罗夫斯克浮栅由德维纳群岛围成：木材在浮栅内被分类，由机器流送，从这里用拖船把巨大的木排送往阿尔汉格尔斯克的锯木厂。很长一段时间，我们都搞不明白这一切，一直在水面上徘徊，不知道应该在哪里靠岸。最后我们靠岸了，带着茶壶和锅炉上了岸。别佳去打探情况，我像往常一样开始做饭。有好几次当我们来到林区时，梦想着有现成的食物和干净的床铺，可现实让我们非常失望：不是领导一直忙着组织流放木材，就是食品售货员锁上杂货店大门不知道去了哪儿，或者自己不想折腾，就挨饿了几

1 奥托·尤利耶维奇·施密特（1891—1956），苏联著名的科学家和数学家。曾任苏联科学院副院长、北极研究所所长、北方海上航路总局局长、理论地球物理研究所所长。1937 年，他荣获"苏联英雄"荣誉称号。——译者注

个小时，无所事事地大眼瞪小眼坐着等领导来。我们不期待什么了，就试着自己做饭，用花尾榛鸡肉或者松鸡肉煮粥。现在我们在博布罗夫斯克浮栅里，我把剩下的煤油倒进煤油炉子里，用针清理了很长时间油口，然后做了一个保护板挡风，把水锅挂上去，一切都照常进行。别佳从浮栅上回来时听见了煤油炉子的声音，他大喊起来："把炉子熄灭！"这意味着我们来到了文明的地方，我们的密林之旅结束了。在欢乐声中，我们把一个空瓶子打碎了。几十分钟后，我们坐在餐厅的"伊泰拉"桌子旁了，它的桌布与工作台上的桌布不一样。除了桌布的颜色，这些桌子没有任何特殊之处，一些工程师坐在办公桌旁，而工人们坐在"伊泰拉"桌子旁。我们吃了由四道菜构成的午餐——肉、鸡蛋、麦片粥和大米粥。很难说在我们漫长的野外考察之后，吃的午餐怎么样。无论我们的生活方式如何，我们听到一个工人唱完了歌说道："食物不错。"午饭后，我们终于看到了人们是如何"干着脚"干活儿——机器代替了人在水里用钢丝绑木头。不用自己做饭而吃现成的饭菜是多么美妙，就像看着人们用机器干活儿一样，我们毫不犹豫地把这种机械化看作创造《贝林杰耶夫密林》的重要条件。后来我们还在阿尔汉格尔斯克附近看见圆木如何一根接一根地沿着流槽从大德维纳进入世界上最大的锯木厂（以莫洛托夫的名字命名），然后被传送带输送进一个大厅，最后在机床上变成不同厚度、不同质量的板材。在德维纳仓库（交易所）里，我们开车穿行在出口材料堆之间，就像坐车走在房子之间的街道上一样。看到这些木材被装上外国船只，让我们想到把密林变成国家需要的黄金货币。但是，我们从纸浆厂（硫酸盐制纸浆法和亚硫酸盐制纸浆法）的工程师那里得到了真正的快乐。在那里，他们向我们证明，这些加工木材的工厂，一方面，将给我们生产创作《贝林杰耶夫密林》所需要的纸张；另一方面，对森林的破坏性、选择性采伐将被连片采伐取代，这将使得森林的快速恢复有了可能。

这样，我们与工程师谈论了《贝林杰耶夫密林》的创作，就站在由锯木厂运出来的锯末建造的地面上。我们还想到，这些锯末也可以带来好处……

“到了应当净化自己良心的时候了，”一个看起来很普通但感觉很智慧的老人说，“我们的良心因为林业经济而痛苦，如果一切都为了经济，那么砍伐森林就不会心疼——不要让森林腐烂或者失火。如果正确地生活，森林和人类都会善始善终。”

编后记

愿你我在森林中相逢

没有一个人会拒绝大自然。

没有一个时代会拒绝热爱大自然的人。

“所有的故事开始于第一缕春光、第一股春水，开始于大自然中万物苏醒的那一刻。”

这是世界生态文学和大自然文学的先驱，被称为俄罗斯最伟大的歌唱大自然的诗人和哲人米哈伊尔·米哈伊洛维奇·普里什文在《丹顶鹤的故乡》一书中所说的话。我们这一套“俄罗斯当代生态文学作品集”，虽不发端于春天，却酝酿在很多个春暖花开般的日子里。

俄罗斯文学一直是西苑出版社的发力点，而人与自然的关系一直是俄罗斯文学最重要的主题之一。俄罗斯生态文学历史发展悠久，尤其是20世纪以来，涌现出很多以生态保护为创作主题的作家，人与自然的关系问题成为他们进行深入哲学思考的主题，也是他们对大自然与国家和人民命运、人类未来发展关系的深刻认识的总结。由此形成独具特色的俄罗斯生态文学流派，在世界生态文学发展中占据着重要的地位。当我们致力于为这一选题寻找“枝叶花果”时，王金玲老师也带着“俄罗斯当代生态文学”作品、携手专业的翻译团队再次找到了我们。

理所当然地，这套“俄罗斯当代生态文学作品集”迎来了属于它的春天。

很多事情就是这么“恰恰好”。每一本图书、每一套图书的诞生亦是如此。俄罗斯生态文学作品在我国的译介方兴未艾，我们衷心感谢王金玲老师及整个团队的信任、支持，以及在合作过程中处处体现的专业能力和工匠精神。我们也愿意相信，王金玲老师及整个团队对于这套“俄罗斯当代生态文学作品集”扎根于“西苑”这片土壤，同样是感到幸运和满意的。

在生态问题愈发凸显、生态议题逐渐火热、生态文明建设日益深入的今天，我们经由这个选题走到了一起，以期增强我国读者对俄罗斯自然生态资源的了解，管窥俄罗斯作家笔下的人与自然的关系，以及人的内心世界和思维特点，乃至对我国生态文学的创作给予启发和借鉴。

就像两个热爱大自然的人，在森林中相逢。

回到这套书。

“俄罗斯当代生态文学作品集”本是教育部中俄人文交流与合作项目成果，共收录了 8 部作品，来自 3 位各具魅力的俄罗斯生态文学作家。所有作品均聚焦于大自然，却又不限于一般意义上的大自然。这是一种“综合的”“泛化的”生态文学，既描述了自然资源极为丰富的俄罗斯春夏秋冬交替过程中异彩纷呈的植物和动物世界，也关注到生活在原始森林深处的人和游走在大自然边缘的人；既深情歌颂了俄罗斯大自然的壮美，也关怀到大自然的命运乃至全人类的命运；既引导读者们进一步认识大自然，也展现了大自然本身；既讨论了现代化发展与自然生态之间不可避免的摩擦，也更多地寄希望于人与自然和谐共处、亲密发展的美好未来。

被誉为“伟大的牧神”“俄罗斯语言百草”的普里什文，他笔下的大自然永远生机勃勃，充满诗意与情感，每一种生灵都有自己的鲜明个性。这些特点都淋漓尽致地体现在《勿忘草》中。《勿忘草》仅有个别片段在国内被选译过，它的每一章节都有一个独立的主题，但这些主题并非完全割裂，而是关乎到自然万物、人类精神的方方面面，而人类与自然又是共生共存的，充分展现出普里什文对人与自然关系的探讨和呼唤。正如人们常说的，如果你不知道如何赞美大自然，那就去看普里什文吧！

《“灰猫头鹰”和海狸的故事》似乎对应着阿尔谢尼耶夫“三部曲”中的《德尔苏·乌扎拉》，它们都是描述或突出了一个具体的人物形象，由这个人物的经历或体验带出宏大的森林图景，从而展现出人们对自然保护的思考和努力。略有不同的是，《德尔苏·乌扎拉》中的向导德尔苏·乌扎拉主要还是置于整个探险队的发展路线而言，而《“灰猫头鹰”和海狸的故事》的聚焦性更强，叙述本身也更近似于一部小说。无论如何，两部作品都通过立体的人物塑造展现出了这个系列独一无二的人文性和艺术性。

《贝林杰耶夫密林》乃我国首次翻译出版，它在形式上贴近于《勿忘草》和《丹顶鹤的故乡》，可称为随笔集或札记，而不同于《“灰猫头鹰”和海狸的故事》呈现的强烈的故事叙述感；在内容上近似于《丹顶鹤的故乡》，均以某一区域为对象进行全面观察和整体思考，另一本《勿忘草》则从日常万物出发，更多地渗透出作家的哲思。《贝林杰耶夫密林》和普里什文的其他作品一样，蕴含着动人的美感，他的笔触真实又细腻，温柔又不失力量，将粗犷、陌生却又神圣伟大的原始森林形象淋漓尽致地展现在读者的眼前，让人仿佛身临其境。树木的砍伐与生长，机械化（现代化）与原始森林的碰撞，都在这里得到生动体现，而在《丹顶鹤的故乡》中，经济社会的发展变革与物种环境和生态保护的矛盾更是直接摆在作家的面前。是应该支持政府的排水工作，还是应该写文章来呼吁保护珍稀物种？最终，作家选择了后者。一切理所当然又水到渠成，却更加强调了作家的观点——人与自然和谐共处就是善良和美的最高境界。

区别于普里什文清新的文人形象，几乎同时期的阿尔谢尼耶夫充满了典型的俄罗斯“硬汉”气质。阿尔谢尼耶夫既是地理学家、作家，也是一名军官。《德尔苏·乌扎拉》《乌苏里边疆区游记》和《穿越原始森林》这“三部曲”均是阿尔谢尼耶夫对自己考察经历的记录。其中，《德尔苏·乌扎拉》和《乌苏里边疆区游记》分别描述了1902年、1906年和1907年的考察，《穿越原始森林》记录了1927年的整个考察过程。《德尔苏·乌扎拉》和《乌苏里边疆区游记》均非国内首次面世，但它以往更多地被纳入阿尔谢尼耶夫的《在乌苏里的莽林中》（由这两本书整理融合而成）一书中呈现，而非以单本形式出版。“三部曲”均围绕锡霍特–阿林山脉展开，也都涉及德尔苏·乌扎拉等人物，可以说是串成一线，各有偏重、各具特色而又彼此呼应、相互补充。

《乌苏里边疆区游记》通过阿尔谢尼耶夫的实地考察记录，精心呈现了一百多年前乌苏里边疆区的独特风貌，列举了很多远东地区特有的资源：壮美苍茫的原始丛林，险峻挺拔的山峰，纵横密布的河流，丰饶的动植物，暴雨和暴风雪，生活其间的各民族的习俗、故事，以及考察队在旅途中的各种遭遇……处处可见作者对大自然的敬畏、热爱，作品还率先提出了如何保护动物、建立自然保护区的问题。《德尔苏·乌扎拉》则通过考察队的关键人物——向导德尔苏·乌扎拉，展现原始森林的样貌和“性格”，以及在原始森林里生存的原则和规律。以《德尔苏·乌扎拉》为书名而非《乌苏里边疆区考察记》（尽管有撞名之嫌），就已经渗透出这本书的人文关怀，以及阿尔谢尼耶夫对朋友德尔苏·乌扎拉的深切纪念。最令人印象深刻的莫过于作家朴实而真挚的表达，让大自然展现出浓重的“人性”一面，具备人文艺术性，难怪普里什文曾这样评价阿尔谢尼耶夫：“他笔下的大自然是反映纯洁心灵与真实物质世界完美融合的诗歌。”

《穿越原始森林》是阿尔谢尼耶夫“三部曲”中的最后一部作品，也是篇幅最短的一部。它讲述了阿尔谢尼耶夫最后一次考察锡霍特－阿林山脉时发生的故事，记录了这个地区美丽的自然风光和特征鲜明的当地居民的生活，展现了俄罗斯远东地区幅员辽阔的精彩画卷。与前两部作品不同的是，相比于动植物，这部作品更多地关注了不可逾越的河流和未曾踏足的原始森林。有趣的是，这本书是这套作品集中唯一一本由男性译者翻译的作品，呈现出来的译文风格更能让人感受出男性译者的简练和果断，而这正好也契合《穿越原始森林》自身体现的特点（区别于《乌苏里边疆区游记》的浪漫和《德尔苏·乌扎拉》的人情），这倒值得读者们体味感受一下。

需要格外说明一下的是，《德尔苏·乌扎拉》原作为30章，翻译后的作品为20章，译者是按照突出表现德尔苏·乌扎拉这一人物形象为主的原则进行删减的，并在不影响作品整体结构的前提下，对原作中偏离主人公形象描写的章节进行了删减，如关于负面情感、容易引起读者负面情绪的故事情节，以及不符合当地人形象的细节描写，等等。《乌苏里边疆区游记》原作全书含后记共40章，阿尔谢尼耶夫的考察路线共分为三个部分：第一部分是从乌苏里江铁路沿线出发，直到圣奥莉加湾，完成从内陆到海边的考察；第二部分是在圣奥莉加湾周边做了短线考察后，从圣奥莉加湾出发沿海岸线考察；第三部分是从海岸线返回到内陆伊曼河，结束考察。第三部分经历的地形和叙述方式与第一部分类似，第二部分主要是海岸线周边的地形地貌特征，因此，基于整体体量考虑，这本书以考察线路的相对完整为删减原则，只选取了考察线路的第一部分进行翻译出版。

“俄罗斯当代生态文学作品集”中的单本《虎啸风生》，来自俄罗斯当代最会讲老虎故事的人——奥列格·尼古拉耶维奇·沃罗诺伊。沃罗诺伊用一个个小故事为读者们铺开了一幅森林画卷，各种各样的老虎形象及故事酣畅淋漓地展现出来。这不是一本科普书，其目的并非普及老虎尤其是俄罗斯远东地区原始森林里的东北虎，而是在描述东北虎的特征和生活习性的基础上，以文学形式展示了原始森林地区人们对东北虎的态度，对赖以生存的自然环境的保护意识，并借由人和老虎的关系，延伸到对人和自然关系的讨论。看到最后，你不觉得老虎是老虎，这位最漂亮、最强壮也最凶猛的泰加林之王，是不需要靠“语言”这种东西来表达就能彼此理解的所谓“动物”（原文有多处相关表述），它是人类的敌人、威胁，亦是人类的邻居、伙伴。老虎的身上不仅拥有人类生活在地球上引以为傲的所具有的人性（大可不必），更具备大自然赋予的最原始的灵性，而后者在森林遭受滥伐、环境遭到严重破坏的今天反而更显难得和珍贵，仅从这一点来说，都是我们务必将这本书列入生态文学系列的理由。

故事的叙述，思想的传递，都离不开作家的妙笔生花。普里什文一如既往充满诗意和情感的表达、赋予每种生灵以鲜明个性的创作艺术风格在这些作品里都得到了最自然的发挥；阿尔谢尼耶夫善于把情感与理性妥善地结合起来，笔触真实而美好，作品虽名义上为考察记录，却人文色彩浓郁，兼顾了文学的可读性；沃罗诺伊笔下大量的第一人称叙事或对话让人仿佛置身森林中猎人的小木屋里，窗外是从西伯利亚刮来的寒风，屋内壁炉的炭火不时烧出噼里啪啦的声音，而我们围坐炉边，听一个个关于老虎的故事，不时惊叹。

无论如何，在这些作家的笔下，大自然才是所有故事的绝对主角。

不同于中国人惯用的循序渐进、委婉迂回的表述，区别于东方或西方典型风格的俄式抒情 / 感叹 / 幽默可能会让一些读者一时不能适应，甚至感到哭笑不得。然而，随着阅读的适应和融入，你会慢慢甄别出其中的独特味道，好似一碗鲜红色的俄式红汤，初时不适应，慢慢地，你就会发现这里不仅有牛肉、土豆、胡萝卜、甜菜根这些多样又丰富的内容，还有月桂、香芹这些佐料的多重风味，让人了解到独具魅力的俄罗斯文化。

当然，俄式风情的畅快表达也离不开译者的得力翻译。王金玲老师及整个团队对这套书的译文质量做了整体保障，译者们尽最大可能将原作的语言风格尤其是中心精神还原出来。无论是阿尔谢尼耶夫和德尔苏·乌扎拉从暴风雪中死里逃生，还是“灰猫头鹰”竭尽全力寻找两只小海狸，无论是虎口逃生，还是密林风光，都让人轻易“失足”跌入作品营造的故事和氛围中，同喜同悲，同乐同苦。

不可否认，书里所提及的山川河流以及原始森林地区难免存有争议，关于中国人的描写，也并非总是积极乐观的。在客观、理性、正面看待历史问题的今天，我们对此有所处理，却也适当保留，因为从某种意义上来说，它宝贵地记录下了那段时期那个地区那些人的几乎已经消失的生活方式和历史。勤劳勇敢的中国人，始终是大自然的亲密朋友。

作为出版者，我们诚挚地邀请您赶赴这一场森林之约。“俄罗斯当代生态文学作品集”是一个起点。我们祈望它是春天的一记信号，亦是一场春雷，当春光乍泄、春水涌动之时，我们每个人都能感受到大自然之美，而每个人的心里，也都拥有属于自己的大自然。

愿你我在森林中相逢。

图书在版编目（CIP）数据

贝林杰耶夫密林 / (俄罗斯) 米哈伊尔·米哈伊洛维奇·普里什文著；吕翠媛译. -- 北京：西苑出版社，2022.3

ISBN 978-7-5151-0790-5

Ⅰ.①贝… Ⅱ.①米… ②吕… Ⅲ.①中篇小说—俄罗斯—现代 Ⅳ.①I512.45

中国版本图书馆CIP数据核字(2021)第251516号

贝林杰耶夫密林

BEILINJIEYEFU MILIN

策划编辑	赵　晖
项目统筹	汪昊宇
责任编辑	汪昊宇
装帧设计	黄　尧
责任印制	陈爱华
出版发行	西苑出版社 XIYUAN PUBLISHING HOUSE
地　　址	北京市朝阳区和平街11区37号楼　邮政编码：100013
电　　话	010-88636419
印　　刷	三河市嘉科万达彩色印刷有限公司
开　　本	880mm×1230mm　1/32
字　　数	133千字
印　　张	6.5
版　　次	2022年3月第1版
印　　次	2022年3月第1次印刷
书　　号	ISBN 978-7-5151-0790-5
定　　价	49.80元